दिवास्वप्न

और

अन्य कहानियाँ

दिवास्वप्न

और
अन्य कहानियाँ

सरला रवीन्द्र

ISBN: 978-0-9997387-0-2

First Edition 2018

eKalpana Kitab Prakashan in 2018

-

Copyright © 2018 Sarla Ravindra
Cover design by Mukta Singh-Zocchi

eKalpana Kitab Prakashan

ekalpanakitab@gmail.com

http://ekalpana.net/kitab

नमन -

अम्मा-पिताजी की स्मृति को,

जिनकी आस्तिक आस्थाएँ मेरा संस्कार बनीं.

अपनी कृष्णा चाची की स्मृति को,

जिन्होंने मुझमें साहित्यिक अभिरुचि का बीजारोपण किया.

श्वसुर कुल में पूज्य अम्मा जी-बाबू जी को,

जिनकी सहज स्नेह-भरी स्मृति आज भी मुझे सहेजती है.

और अंत में आभार ई-कल्पना प्रकाशन तथा बहन मुक्ता सिंह जी का, जिन्होंने अपने सुरुचिपूर्ण संयोजन से मेरी कहानियों को यह रूपाकृति दी.

मैं क्यों लिखती हूँ

मुझसे एक बार किसी पत्रिका के सम्पादक ने पूछा था - आप क्यों लिखती हैं, आपकी रचनाओं का प्रेरणास्रोत क्या है. उनका यह प्रश्न मेरे लिए यक्ष प्रश्न बन गया, क्योंकि मुझे कभी नहीं लगा कि मैं लेखिका हूँ. सायास तो कभी लिखना हुआ नहीं. पितृगृह में संयुक्त परिवार होने के कारण एक विविधरंगी वातावरण स्वाभाविक रूप से सहज उपलब्ध रहा. साहित्यिक अभिरुचि स्वतः ही जाग्रत हो गई. मेरी एक ताई गाँधीयुग के प्रसिद्ध स्वतंत्रता सेनानी एवं पत्रकार श्री गणेश शंकर विद्यार्थी की सुपुत्री थीं और उनके विवाह में उस कालखण्ड के आदर्शों के अनुरूप सभी जाने माने कवि-लेखकों ने अपनी रचनाएँ उपहार स्वरूप दी थीं. कविगुरु रवीन्द्र नाथ ठाकुर, राष्ट्रकवि मैथिली शरण गुप्त, प्रेमचंद, जयशंकर प्रसाद, जैनेन्द्र, आचार्य चतुरसेन शास्त्री, भगवती प्रसाद वाजपेयी आदि महान साहित्यकारों की रचनाएँ मुझे सहज उपलब्ध थीं. मैंने इन सभी लेखकों का काफ़ी कुछ साहित्य इंटरमीडियट तक पढ़ डाला था. इसके अतिरिक्त धर्मयुग, साप्ताहिक हिन्दुस्तान, कहानी आदि पत्रिकाओं को नियमित रूप से देखने-पढ़ने का भी सुयोग मिलता रहा.

विवाहोपरांत श्वसुर गृह में भी पठन-पाठन का वातावरण मिला. पतिदेव श्री कुमार रवीन्द्र की अभिरुचियाँ कलात्मक-साहित्यिक थीं. वे एक अच्छे चित्रकार और कवि थे. विवाह के तुरन्त बाद

उनके साथ लखनऊ छोड़कर मुझे सुदूर पंजाब के जालंधर नगर जाना पड़ा. एकदम नए परिवेश, बिल्कुल नई परिस्थितियों में अपने को ढालने की समस्या भी थी और उत्साह भी था. साथ ही नए-नए सम्पर्कों से अनुभव अधिक विविध एवं समृद्ध हुए. पतिदेव कालेज से उपन्यास आदि लाते रहते थे. धर्मयुग, साप्ताहिक हिन्दुस्तान, कादम्बिनी, सारिका आदि पत्रिकाएँ हम स्वयं लेते थे. इस प्रकार बच्चों का लालन-पालन करते हुए भी मेरी साहित्यिक अभिरुचियाँ निरन्तर जाग्रत बनी रहीं. ईस्वी सन् १९७० में हम थोड़े समय पूर्व ही पंजाब से अलग हुए हरियाणा के ऐतिहासिक नगर हिसार आ गये. यहाँ कुछ ही दिनों में नगर के कवियों-साहित्यकारों की संगत से हमारा घनिष्ठ परिचय हो गया.

तो यह है वह पृष्ठभूमि, जिससे मेरे भीतर छिपे कहानीकार का स्फुरण हुआ. पतिदेव और दोनों बच्चे कॉलेज-स्कूल चले जाते थे. कुछ पुराने-नए अनुभव-बिम्ब मन में कुनमुनाने लगे और एक दोपहर मेरी पहली कहानी का जन्म हुआ. और फिर लेखन का सिलसिला चल पड़ा और एक के बाद एक कहानियाँ अवतरित होती गईं. स्थानीय गोष्ठियों में एक-आध कहानी का पाठ किया. लोगों ने सराहा और विश्वास जगा कि मैं बिल्कुल बेकार नहीं लिख रही. फिर आकाशवाणी रोहतक एवं हिसार केन्द्रों से मेरी कहानियों का प्रसारण हुआ एवं हरियाणा साहित्य अकादमी के सम्पादित कहानी संग्रहों में भी मेरी रचनाओं को स्थान मिला. वैसे आज भी मुझे स्वयं को लेखिका कहने या मानने में संकोच होता है.

सरला रवीन्द्र

क्षितिज 310 अर्बन एस्टेट-2 हिसार-125005

दिवास्वप्न

जब तक मैं आपके पास रही कभी भी अपने मन की बात आपसे नहीं कही. ऐसा नहीं था कि कहना चाहा नहीं, परंतु कह नहीं सकी. कहने का साहस ही नहीं हुआ. हर दूसरे-चौथे रोज़ मैं आपके घर जाती, आपसे बात करने का इरादा भी मैंने कई बार किया था, पर हर बार ...

यों आपसे मुझे कहना भी क्या था? आप पूर्ण थे. उस पूर्णता में मेरा कोई स्थान नहीं था. फिर भी ऐसा लगता कि सब कुछ कह देने के बाद अपने-आपको नकारने की जिस दुखद स्थिति में मैं फँसी हूँ, उससे उबर जाऊँगी. किन्तु संस्कार सदैव जकड़ लेते थे वाणी को.

पहली बार आपसे मुलाकात आपके घर पर ही हुई थी. पापा मुझे आपके पास ले गये थे. अभी मुझे कुछ ही दिन हुए थे आपके शहर में आये. पापा कुछ महीने पहले से रह रहे थे. एक ही कॉलोनी में रहने कारण आपका व पापा का परिचय-संबंध तो बन ही गया था. पापा को यहाँ एक फैक्टरी में 'टेक्निकल डायरेक्टर' की काफी अच्छी पोस्ट मिल गयी थी. इसीलिए बीच सेशन में हम लोगों को आगरा में छोड़कर पापा को यहाँ आना पड़ा था. मेरा इण्टर फ़ाइनल था और अब बहन रीना इण्टर फ़ाइनल और भाई दीपक हाई स्कूल में आ गये थे. इसलिए मम्मी इस साल भी नहीं आ सकीं थीं. मुझे पापा ने बी० ए० में

एडमीशन दिलाने के लिए अपने पास बुला लिया था, जिससे अगले साल मम्मी और बहन-भाई आसानी से यहाँ आ सकें.

आपका काफी अच्छे प्रोफेसरों में नाम था. शहर में काफ़ी लोग आपको जानते थे, अच्छी रेपुटेशन थी. इसी से पापा आपसे सलाह-मशविरा करने के लिए कि मुझे किस कॉलेज में एडमीशन लेना चाहिए जहाँ मेरा कांबिनेशन भी मिल जाये व पढ़ाई भी अच्छी हो, गये थे. शहर यद्यपि आगरा के मुकाबले छोटा था, पर इतना छोटा भी नहीं कि कुछ सोचना ही न पड़े. चार कॉलेज थे.

आप और पापा बहुत देर तक बातें करते रहे. केवल मेरे एडमीशन के बारे में ही नहीं बल्कि हिंदी-इंग्लिश के दिग्गज लेखकों के विषय में भी. पापा यों तो टेक्निकल साइड में थे, पर उन्हें लिटरेचर में रुचि बहुत थी. जो भी समय मिलता पढ़ने में ही बिताते.

बहुत देर बाद आपका ध्यान मेरी ओर गया था. शायद मेरी चुप्पी की ओर. और कुछ बात करने की गरज़ से आपने पूछा था, 'आगरा से यहाँ आकर तो बहुत बुरा लगता होगा. वहाँ चाँदनी रातों में चमकता ताज़, कलकल करती यमुना की नीली धारा और यहाँ ... हरियाणा का तो कोई भी शहर नदी के किनारे नहीं है. फिर यह शहर तो बिलकुल ही सूखा है.'

'मुझे तो सबसे ज्यादा मम्मी की याद आती है,' कहते हुए मेरा गला कुछ भर आया था. पर मेरा पहला अवसर था, जब मैं भाई-बहन और मम्मी के बिना अकेली रह रही थी. आप आगे बढ़ आये थे मेरे पास. हम लोग वापस जाने के लिए खड़े हो चुके थे. मेरे कंधे थपथपाते हुए आपने कहा था, 'यहाँ आ जाना जब भी मन उदास हो, अपना घर समझकर.'

4

आपके स्पर्श में मुझे आत्मीयता की झलक मिली थी और मैं अभिभूत हो गयी थी. आपके बात करने के ढंग से मैं बहुत प्रभावित हुई थी. गेट तक छोड़ने आये थे आप और मैं गेट के बाहर यह निश्चय करके निकली थी कि एम० डी० कॉलेज में ही एडमीशन लूंगी, जहाँ आप पढ़ाते हैं.

कॉलेज में दाख़िला होते ही मेरा और आपका एक रिश्ता क़ायम हो गया था. संबोधन के लिए किसी प्रकार की दुविधा नहीं थी. सर, यों तब तक मैं दुविधा की स्थिति में आई भी कहाँ थी. दुविधाएँ तो बाद के उन वर्षों में उपजीं थीं जब मैं आपकी स्टूडेंट रही थी.

शाम को पापा सात बजे से पहले फैक्टरी से नहीं आ पाते थे और मैं तो कॉलेज से ढाई-तीन बजे ही फ्री हो जाती थी. इसलिए शाम का समय काटे नहीं कटता था. कुछ समय फ्रेंड्स में बिताती. कभी-कभी आपके घर भी चली जाती थी, याद होगा आपको.

आंटी - हाँ, आपकी पत्नी को मैं आंटी ही कहती थी, मुझे बहुत प्यार करतीं. मम्मी नहीं थीं न. तो मेरा बहुत ख्याल रहता उन्हें. मैं आपसे व आंटी से गप्पें मारती, बच्चों से खेलती और कुछ देर बाद लौट आती.

पापा ने देखा मैं अपना समय यों ही बर्बाद करती हूँ. बीच-बीच आपके पास जाती तो रहती ही हूँ, क्यों न इंग्लिश लिटरेचर में आपसे कुछ हेल्प करने को कह दें. और फिर पापा एक दिन मेरे साथ आपके घर आये थे. बड़े तपाक से मिले आप.

'आइये, आइये, चीफ साहब, कैसे तकलीफ़ की?'

यहाँ सब पापा को *चीफ साहब* ही कहते थे, क्योंकि फैक्टरी में सबसे बड़ी पोस्ट पर थे वे.

'इसकी रिपोर्ट जानने के लिए ही आया हूँ. कैसी चल रही है. मुझे तो समय नहीं मिल पाता कुछ देखने का.' पापा ने अपनी सफाई दी. 'चल तो अच्छी रही है विनीता. और फिर ज़रूरत हो कैसी भी हेल्प की तो मैं तो हूँ ही.' पापा की बात आपने स्वयं ही कह दी थी. साथ ही यह भी जोड़ दिया था, 'कल से रोज़ पाँच बजे तुम पढ़ने आओगी, समझीं.'

और इस तरह आपके घर आने का अवसर ही नहीं, बंधन भी हो गया था.

जैसे ही पढ़ने के लिए मैं आपके पास पहुँचती, आंटी पास-पड़ोस निपटाने चली जातीं. आप बहुत तन्मय होकर बहुत स्पष्ट आवाज़ में पढ़ाते जैसे पूरी क्लास को पढ़ा रहे हों. पढ़ाते समय तो आप अपने-आपको भी भूल जाते. मैं बहुत ध्यान से सुनती रहती या कहूँ देखती रहती तो ज्यादा ठीक होगा. पता नहीं आपके पढ़ाने के ढंग से मैं प्रभावित थी या किताब के शब्दों पर फिरती आपकी लंबी-पतली उँगलियाँ मुझे आकर्षित करतीं या आपके काले घुँघराले बाल. पर आपके पास बैठकर पढ़ना मुझे अच्छा लगता था. हर समय आपके पास रहने का जी चाहता, पर यह संभव कहाँ था? एक ही किताब होती. उसको देखने के लिए एक ही सोफे पर मुझे और आपको बैठना पड़ता. किताब के अक्षरों को देखने के लिए कई बार मैं इतना आगे झुक आती कि मेरे कटे बाल आपके सीने व चेहरे से टकराने लगते. आप कुछ अधिक आगे झुककर किताब को देखने की कोशिश करते. आपका वह मेरे ऊपर झुकना मुझे अच्छा लगता. ऐसा लगता आपको भी यह सब कुछ अच्छा लग रहा हो. पर आप जल्दी ही सचेत हो जाते और कहते, 'विनीता, इतने आगे झुक आओगी तो कैसे देखूँगा.'

पर इस कहने में कोई नाराज़गी नहीं होती. और मैं फिर पढ़ने में लग जाती और आप पढ़ाने में.

आपसे मिलने में मुझे कोई हिचक तो थी नहीं और न कोई बंधन ही. आप मेरे प्रोफेसर थे और अब तक पापा के अच्छे दोस्त भी बन गये थे, रुचियाँ एक होने के कारण. कह नहीं सकती, सर, रोज़-रोज़ मिलने से प्यार का वह बंधन बँध गया था या मन का बंधन रोज़ मिलने को प्रेरित करता. घर पर आपकी याद मन-प्राण पर इतनी छाई रहती कि रात में नींद हराम हो जाती. पता नहीं आप इसे क्या कहेंगे या सॉयकोलाजी के विद्वान् इसे क्या नाम देंगे.

एक बार मैंने अपनी फास्ट फ्रेंड मीनाक्षी से कहा था, 'मिनी, सर मुझे इतने अच्छे लगते हैं कि यदि उनकी पत्नी न होतीं तो मैं उनसे विवाह कर लेती.'

'पागल हो गयी है; चालीस साल के बुढ़ऊ में क्या देखा है तूने.'

उसने इस बात को यों ही मज़ाक समझा होगा, पर मुझे बहुत बुरा लगा था और आज भी मुझे यही लगता है. प्रेम-संबंध की प्रगाढ़ता को उम्र का फासला कम नहीं करता. प्रेम की कोई उमर नहीं होती है.

ऐसा नहीं था, सर कि मैं पहले दिन से ही आपको इसी रूप में प्यार करती थी. प्यार के रूप तो कितने ही होते हैं. पति का पत्नी से, भाई का बहिन से, पिता का पुत्री से, प्रेमी का प्रेमिका से. और फिर हर संबंध प्यार को एक अलग संज्ञा देता है. वैसा ही अलग-सा वह प्यार था मेरा - एक विद्यार्थी का अपने गुरू के प्रति. इतना अच्छा पढ़ाते थे आप और साथ ही क्लास को बोर भी नहीं होने देते थे. आपकी इसी विशेषता से तो मैं अभिभूत थी.

पापा के पास अकेले रहने से मैं सिरचढ़ी तो थी ही बहुत. आपसे भी निस्संकोच हो गयी थी. हर बात में आपसे ज़िद करती. पता नहीं आपको याद है या नहीं. इतने विद्यार्थी हर साल आते-जाते हैं कि उनकी हर बात, हर घटना को याद रखना आपके लिए तो मुश्किल ही रहा होगा. परन्तु मेरे जीवन का तो एक नया पृष्ठ खुला था उस दिन. मैं कैसे भूल सकती हूँ वह क्षण जब एक बार सेमिनार में कराए गये एक एसे पर क्लास में ही ज्यादा नम्बर देने की ज़िद की थी मैंने. पर आपने नम्बर नहीं बढ़ाए थे. शाम को घर पर पढ़ते समय रूठी बैठी रही थी मैं. आपने मेरा रूठना जान लिया था और कहा था, 'विनी, नाराज़ हो! लाओ, कॉपी दो, ए-प्लस किए देता हूँ. क्लास में यों ज़िद करना ठीक नहीं. और लड़के-लड़कियाँ क्या सोचेंगे?'

सर, वही पहला दिन था, जब मेरे मन में आपसे मेरा संबंध बदल गया था. मेरा और आपका कोई ऐसा भी संबंध हो सकता है, जिसके बारे में लोग सोचें. और उस एक क्षण में मैं पूर्ण युवती बन गयी थी. कहीं बहुत गहराई में पड़े एक अनजानी भावना के बीज अंकुरित हो आये थे. एक अनचीन्ही राह खुल गयी थी मेरे मन में.

सर, अब इतने वर्षों बाद यह सब जानकर आप इसे मेरा पागलपन ही कहेंगे और शायद डर भी जाएं कि कहीं आपकी जवान होती बेटी किसी ऐसे मोह में न फँस जाये. किन्तु मैं उस समय एक ऐसी मानसिक उलझन में फँसी थी, जिससे निकलना भी चाहती थी और उसमें फँसी अपने को बहुत संतुष्ट भी पाती.

कभी-कभी आंटी मुझे खाने पर बुला लेतीं थीं क्योंकि मम्मी नहीं थीं न. खाने के बाद आपके दोनों बच्चे, बबली और गुड्डू, हाथ धोने के लिए पहले लपकते थे. मैं हमेशा ही आपके बाद

बेसिन पर जाती. आंटी और आप शायद यही समझते होंगे कि ऐसा मैं आपके सम्मान में करती हूँ. पर वह मेरी चालाकी होती. पता नहीं आपने जाना था या नहीं. आपके मुंह पोंछने के बाद तौलिये में बसी आपकी गंध मुझे अच्छी लगती. हो सकता है दूसरों को इससे घिन उपजती हो.

हो सकता है, सर, आप मेरी भावनाओं को समझते हों, आपके दिल में भी मेरे लिए लगाव हो. पर उस स्थिति का सामना करने को आप तैयार नहीं थे, ऐसा मुझे आज भी लगता है और तब भी लगता था. आखिर हम सब सामाजिक प्राणी हैं न.

फाइनल का एक्ज़ाम देने के बाद मेरी शादी की बात चलने लगी थी. सुनकर मुझे अच्छा लगता कि मैं अपनी मानसिक उलझन से उबर जाऊँगी. दूसरी तरफ पति में आपकी प्रतिमा को पा लेने की इच्छा के कारण प्रभात पर तरस भी आता, जो मेरा पति बनने वाला था.

एक दिन मैं दोपहर में आपके घर गयी थी. आप यूनिवर्सिटी से आई कापियों में उलझे हुए थे. अकेले ड्राइंग रूम में बैठे थे. गर्मी की दोपहर आंटी और बच्चे सोकर काट रहे थे. मुझे लगा अपनी बात कहने का यह अंतिम अवसर है मेरे पास. परन्तु जब-जब अपनी बात कहने की कोशिश करती, आशंकाओं से घिर जाती. यह तो आंटी के प्रति अन्याय होगा, जिनसे मम्मी की अनुपस्थिति में माँ का स्नेह मिला था मुझे. और फिर आपको भी कहाँ स्वीकार होगा. वैसे किसी इंग्लिश मैगजीन में पढ़ा था - 'दुनिया में ऐसा पुरुष नहीं हुआ जो किसी नवयुवती के प्रेम-प्रस्ताव को ठुकरा सके.' हो सकता है उनके समाज में न हुआ हो, पर मेरे सामने तो खुद का उदाहरण था.

संस्कारों में बँधी अपनी मनस्थिति को आपके सामने स्पष्ट न कर सकी, परन्तु सर, मैंने कोई गलत काम नहीं किया था. यह बात दूसरी है कि मैं *मिसेज साल्क* नहीं हूँ कि कोई मुझसे पिकासो के संस्मरण पूछे और आप भी तो पिकासो नहीं हैं. पर आप मेरे लिए क्या हैं, मैं यह कभी भी किसी को बता नहीं सकूँगी. मेरा देश और परिवेश दोनों ही ऐसे नहीं हैं जहाँ जैकलीन और ओनासिस के संबंधों को सहज ही मान्यता मिल जाये. न ही मैं उस स्वनिर्मित आकाश के नीचे रहती थी जहाँ प्रतिमा बेदी और आइ० एस० जौहर के बड़े-बड़े फोटो छपें, तमाम इंटरव्यू लिए जाएँ.

फिर सर, आपका अपना आकाश था जिसमें अपने ग्रह और नक्षत्र थे. किसी 'सैटेलाईट' की जरूरत ही कहाँ थी आपको. मैं आज भी दो ग्रह-नक्षत्रों के बीच भ्रमित घूम रही हूँ. यह सब पढ़कर मुझे विश्वास है आप यही आशीर्वाद देंगे कि मैं मन से एक ग्रह की कक्षा में स्थिर हो जाऊँ और निश्चय ही वह ग्रह आप नहीं प्रभात ही हों.

सर, आपको शिकायत है मैं याद भी नहीं करती आपको. पर प्रभात से मैं आपके बारे में कितनी ही बातें करती रहती हूँ. सुनते रहते हैं, सुनते रहते हैं, फिर ऊबकर कहते हैं - कॉलेज-डेज़ में सभी लडकियाँ ऐसे ही प्रोफेसरों पर दीवानी हो जाती हैं, और लपककर मुझे बांहों में समेटते हुए पूछते हैं - 'क्यों, अब भी याद आते हैं प्रोफेसर साहब?'

यों इस पूछे जाने में कोई ईर्ष्या नहीं होती. न ही मेरे इस दीवानेपन से उन्हें कोई खतरा है. शायद कौतूहल हो तो हो. मैं मुस्करा देती हूँ. वे आश्वस्त हो जाते हैं. उन्हें नहीं मालूम कि उन जैसा प्यारा पति पाकर भी मैं आपको भूली नहीं हूँ. परन्तु

सर, भावना अलग चीज है और उसके अनुसार कर्म करना अलग. भावना मन की चीज है, कर्म संसार के लिए होता है. उसमें समाज, कानून, संस्कार - कितनी ही तरह की बाधाएँ हैं.

आज भी आप कितने ही विद्यार्थियों से घिरे रहते होंगे. कई तो ऐसे भक्त होंगे जो दूर-दूर पढ़ने जाकर भी आपसे मिलने आते होंगे. आपके पास उनकी जिज्ञासा के लिए नई-नई बातों का खज़ाना जो है. आम्रपाली से लेकर संजय गाँधी तक सभी विषयों पर आप समान रूप से धारा-प्रवाह और तर्कसंगत बोल जो सकते हैं.

इतने सारे विद्यार्थियों से घिरे आपको वह छोटी-सी बात याद हो, आशा तो नहीं, क्योंकि आप हमेशा अपनी *मेमोरी* को कोसते रहते थे. जब मैं कहती - 'सर, आप पी० एच० डी० कर लीजिये, फिर आप डॉ० डी० सी० राय कहलायेंगे,' तब आप चश्मे से झाँकती अपनी बौद्धिक आँखों से हँसते हुए कहते थे - 'तुम्हारे लिए कुछ दूसरा हो जाऊँगा, विनी?'

और मेरे उत्तर की प्रतीक्षा बिना ही कहते - 'विनीता, अब अपनी 'मेमोरी' इतनी 'रिटेंटिव' नहीं रही. फिर तुम लोग (आपका मतलब शायद अपने विद्यार्थियों से होता) जितना हमसे 'एक्स्पेक्ट' करते हो, उतनी सामर्थ्य हममें होती नहीं.'

पर मैंने कभी भी इस बात पर विश्वास नहीं किया. इसी से सोचती हूँ अब भी आपको याद होगा. जब नई प्रयोगात्मक फिल्मों की चर्चा चलने पर आपने पुरानी फिल्म *बन्दिनी* की तारीफ की थी और कहा था - 'प्रयोगात्मक फिल्मों की शुरूआत तो विमलराय और राजकपूर ने की थी. यह बात दूसरी है तब जनता उनके लिए तैयार नहीं थी. जैसे समांतर कहानी के

11

प्रणेता तो प्रेमचन्द ही थे, चाहे उस पर मसीहाई अंदाज़ में चर्चा-परिचर्चा आज होती हो.'

उसी दिन से मेरी इच्छा *बन्दिनी* देखने की थी. पर वहाँ देखने को मिली ही नहीं. पुरानी फ़िल्में कहाँ देखने को मिलती हैं आसानी से. बाद में चंडीगढ़ में मैंने देखी थी वह.

सर, मीनाक्षी से आपकी शिकायत पता चली. मिनी ने आकर कहा - 'क्यों री विनी, अब प्रो० राय से मिलने भी नहीं जाती.'

उसका लहजा शरारत भरा था.

'फुर्सत ही नहीं मिल पाती,' मैंने उसे टालने की गरज़ से कहा था.

'हुंह,' अविश्वास से मेरी ओर देखते हुए उसने कहा था, 'वे कह रहे थे, विनीता घर के सामने से 'वेव' करती निकल जाती है. दो मिनट खड़ी भी नहीं होती. कैसे-कैसे स्टूडेंट आते हैं. जब तक सामने हैं, तब तक तो लगता है इस प्रोफेसर के सिवा कोई और है ही नहीं. फिर मिलते तक नहीं.'

आपके साथ मीनाक्षी ने भी यही सोचा होगा, क्योंकि वही उन दिनों मेरी राज़दां थी. किन्तु आज उससे भी मैं अपना मन न खोल सकी. आपको जो बताना है, वह किसी और को बताना क्या ठीक होगा. वास्तविकता तो यह है कि मुझे आज भी डर है कि मैं कहीं 'बन्दिनी' की नायिका न बन जाऊँ. फिल्म तो आपको याद ही होगी. कैसे बन्दिनी अपने डॉक्टर प्रेमी को ठुकराकर उस क्रन्तिकारी के पास चली गयी थी, जिससे उसने पहला प्यार किया था. पर सर, वह फिल्म थी, यह संसार है, जहाँ भावना और कर्म के पथ अलग-अलग हैं.

12

मैं आपके शहर में बराबर आती रहती हूँ और रहूँगी भी, क्योंकि पापा-मम्मी हैं वहाँ पर. आपकी *लेन* से आपकी झलक पाने के लिए ही निकलती हूँ, पर आपसे मिलने की हिम्मत नहीं कर पाती, जैसे पहले भी कभी कुछ कह पाने का साहस नहीं जुटा पाई. आशा है आप क्षमा करेंगे, पर क्षमा करेंगे कैसे. यह सब जो लिख गयी हूँ, वह आप तक पहुँचेगा ही नहीं, क्योंकि कागज़ पर मैंने कुछ लिखा ही कहाँ है. सब मन-मस्तिष्क के पन्नों पर उभरा है. और जब वहीं दफन हो जायेगा तब मिलूंगी आपसे.

अपना आकाश

चिड़िया की चहक वाली कॉल-बेल की आवाज़ मेरे मन में एक रस-सा घोल जाती थी - *कोई आया* के शब्दों से मेरा अंतर भी चहक उठता था. ऐसा नहीं था की मुझे किसी विशेष का इंतज़ार होता हो. यह बेल तो बस घर की नीरवता को भंग करती थी. इसीलिए मुझे उसके चहकने का इंतज़ार रहता. घर में था ही कौन - मैं, पापा व हमारा पुराना नौकर रघु. मैं बहुत बच्ची ही थी जब माँ नहीं रही थीं. तमाम दबावों के बाद भी पापा ने दूसरा विवाह नहीं किया था. शायद उनके मन में कोई प्रच्छन्न शंका थी कि दूसरी माँ से मैं एडजस्ट नहीं कर पाऊँगी. कारण कोई भी रहा हो उनके पुनर्विवाह न करने के पीछे, पर मेरा बचपन बीतते-न-बीतते पापा अपने में समाते चले गये थे. अध्ययन-अध्यापन और लेखन ही उनके जीवन का उद्देश्य रह गया था. यों मेरी हर इच्छा की तरफ उनका ध्यान अवश्य रहता होगा, क्योंकि मेरी हर इच्छा बिना कहे ही पूरी हो जाती थी. शोध के विद्यार्थियों को गाइडेंस देते समय ही घर की नीरवता भंग होती थी, अन्यथा अधिकतर समय हम तीनों अपने-अपने में ही बिताते. इसीलिए मुझे शाम के समय की डोरबेल की आवाज़ मधुर लगती थी, राहत देती थी. पापा के विद्यार्थियों के आने से घर की एकरसता, थोड़ी देर के लिए ही सही, टूटती तो थी ही और हम अपने-अपने व्यूहों से कुछ देर के लिए बाहर निकल आते थे. घर में कुछ बाहर की आहटें

आतीं थीं, कुछ नई आवाज़ों का प्रवेश होता था, घर की और हमारे भीतर की नीरवता भंग होती थी. वैसे पापा किसी से भी निरर्थक बात नहीं करते थे, फिर भी वे बहुत प्रिय थे अपने विद्यार्थियों में. यों यह बात मैंने पापा के चले जाने के बाद ही महसूस की. कितने ही पुराने विद्यार्थी अपने परिवारों के साथ आये, दूर-दूर से भी, उनकी मृत्यु पर संवेदना प्रकट करने. यद्यपि काफी कम हो चुका था अब लोगों का आना - दिन भी काफी हो चुके थे, फिर भी कभी-कभार कोई-न-कोई आ ही जाता था.

कॉल-बेल, जो कभी मन को पुलक से भर देती थी, अब घबराहट पैदा करती है. वे ही बार-बार दोहराए जाने वाले किताबी सांत्वना के शब्द सुनते-सुनते मेरे लिए अब अपना अर्थ खो बैठे थे. वैसे भी कुछ अवघट तो घटा नहीं था मेरे साथ, पर कितना अंतर होता है अपने और दूसरे के अनुभव में. न चाहते हुए भी मिलना तो पड़ता ही है सबसे. कॉल-बेल की आवाज़ सुनकर मैं सोच ही रही थी कि कौन आया होगा कि रघु ने आकर बताया, 'बिटिया, अनिल बाबू आये हैं.'

'अनिल?' कुछ विस्मय से मैंने कहा. लगा बहुत पहले का अनिल की प्रतीक्षा करने वाला भाव चेहरे पर उभर आया है. पर तुरंत ही इस भाव को मैंने नियंत्रित कर लिया. भावनाओं पर नियन्त्रण रखना मुझे पापा से विरासत में मिला है, जिसको पापा के अनुशासन व रुचि-संपन्नता ने कुछ और निखारा ही था. पापा ने भी तो कभी मम्मी की मृत्यु के बाद अपने जीवन में आये खालीपन को कभी उजागर नहीं होने दिया. कितना कुछ बदल गया है तब और अब में - मुझमें और अनिल में भी तो कितना बदलाव आ गया होगा. रघु काका से अनिल को

बिठाने को कहकर मैं उठी, पर फिर बैठ गयी. पूछना चाहा अकेले हैं या कोई और भी है साथ में, पर शब्द मुंह में ही अटककर रह गये. वह दिन याद आ गया, जब मैं पहली बार अनिल से मिली थी. वह अपने किसी सेमिनार के बारे में कुछ डिस्कस करने आया था पापा से, पर पापा तो किसी मीटिंग में गए हुए थे.

'आते ही होंगे थोड़ी देर में,' मैंने उससे कहा.

उसको विस्मय हुआ था - पापा बहुत अनुशासनप्रिय थे; कभी भी किसी को ऐसे नहीं बुलाते थे. ज़रा सी भी शंका हो तो कतई नहीं. ख़ैर कोई विशेष मजबूरी हो गई होगी, अचानक ही कोई काम आ गया होगा.

'क्या मैं कुछ देर बैठकर 'सर' का इंतजार कर सकता हूँ,' उसने पूछा था.

'हाँ-हाँ, बैठिये. मैं चाय भिजवाती हूँ,' कहकर मैं अंदर चली गई थी.

यही कुछ एक-आध मुलाकातें और आँखों ही आँखों में एक-दूसरे को देख भर लेने से ही कब हृदय के तार झनझना उठे थे, मुझे तो पता ही नहीं चला, पर पापा की अनुभवी आँखों ने शायद बहुत कुछ अनकहा भी भाँप लिया था. और उन्होंने झट अपने एक पुराने मित्र देवेन्द्र अंकल के बेटे अजय से मेरी शादी पक्की कर दी थी. बहुत सोच-समझकर ही किया था यह उन्होंने. माँ के जाने के बाद बड़े जतन से पाल-पोसकर बड़ा किया था मुझे. नहीं चाहते थे कि मैं ऐसी जगह फँस जाऊँ जहाँ मेरे और उनके अरमान घुटकर ही रह जाएं. और बस चट ब्याह हो गया था और मैं सपनों के पंखों पर उड़ती अमेरिका चली गयी थी अपनी गृहस्थी बसाने. अजय इंजीनियर थे और उन्हें खूब अच्छा वेतन

मिलता था. कुछ समय घूमने-फिरने, रोमांस करने में बीत गया. कई महीनों बाद पता चला कि विवाह का इसके आलावा जो अर्थ होता है, उस दृष्टि से तो मैं अभी भी विवाहित नहीं हूँ. क्यों किया अजय ने यह मेरे साथ. उसे तो पता था सब कुछ. शायद डॉक्टर की राय रही होगी कि विवाह के बाद सब कुछ ठीक हो जायेगा. मैंने भी दो वर्ष इंतज़ार में घुट-घुटकर समय काटा था. पर अंत में जब सहना मुश्किल हो गया, तब मैंने भारत वापस लौटने का निर्णय लिया. मेरी वापसी से पापा बेहद खुश थे. आखिर बेटी पूरे दो साल बाद आई थी. एयरपोर्ट पर पापा के अलावा देवेन्द्र अंकल और आंटी भी आये थे. उन्हें देखकर लगा कि वे भी पापा की तरह ही उस सब से अनभिज्ञ थे, जो मेरे और अजय के बीच घट चुका था. मैं उन्हें कुछ बता भी तो नहीं सकती थी. पापा के बरसों से सँजोए सपनों को मैं एकबारगी ही ढहा देने का साहस मुझमें नहीं था. विवाह के बाद पहली बार तो कुछ इत्मीनान से रहने का अवसर मिला था. शादी के चार दिन बाद ही तो अमेरिका चली गयी थी - पापा से कुछ बात करने का समय ही कहाँ था मुझे और अब वापस आने पर सब के घर आने-जाने, पार्टियों-बुलावे में कुछ दिन तो अनबोले ही बीत गये थे. परन्तु मुझे बराबर लगता कि पापा मेरे इस तरह अकेले चले आने में कुछ अर्थ खोज रहे थे. जिस अर्थ की खोज उन्हें थी, वह था ही नहीं तो मिलता कहाँ से. मैंने इन दो-ढाई वर्षों में अजय के साथ रहकर जो भोगा-जाना था, वह पापा को बता नहीं सकती थी और उसको छिपाए रखने के लिए उस घुटन में रह पाना और भी मुश्किल होता जा रहा था. अब घर में पहले से भी ज्यादा चुप्पी थी. जो मुझमें घुट रहा था. उसे पापा को समझा पाना मेरे लिए और उसे समझ

17

पाना पापा के लिए संभव नहीं था. पापा ने डॉक्टर गोखले को बुलवाया होगा. अब तो पापा की सवाली निगाहों का जवाब मुझे देना ही होगा. मैंने अपनी और अजय की अमेरिका की डॉक्टरी रिपोर्ट डॉक्टर गोखले को पकड़ा दी और पापा को सब कुछ स्पष्ट बता देने को कह दिया. मैं अपने मुंह से तो कह नहीं सकती थी कि पापा ने अपने जिस नए घर का नक्शा मुझे नहीं अपने नाती को नज़र में रखकर बनाया था, वह कभी बस नहीं पायेगा. कैसे कहती कि अब मुझको ही अपना सब कुछ मानकर संतोष करिये, पापा! मन चीत्कार कर रहा था, किन्तु मैं पापा से कुछ कह न सकी. पर पापा ने उसे सुन लिया था और वे मेरे साथ हुए नियति के क्रूर मज़ाक को बहुत दिनों सह नहीं पाये. मेरे हाथों में तलाक़ के कागज़ात थमाकर वे अनजान रास्ते से अदृश्य हो गये. मैं इन्हीं सब स्मृतियों में उलझी हुई थी, तभी रघु फिर आ पहुँचा. उसके *बिटिया* कहते ही मैं अपने से बाहर आ गयी और हड़बड़ाकर उठ खड़ी हुई. भूल ही गई थी कि कोई मेरी प्रतीक्षा कर रहा है. वैसे भी रोज़-रोज़ वही-वही एक जैसे शब्द सुनते-सुनते जैसे मेरी संवेदनाएँ समाप्त हो गईं थीं. पर न चाहते हुए भी मिलना तो है ही. मैं बाहर कमरे में पहुँची तो पाया अनिल उसी कुर्सी पर बैठा है जिस पर पापा के स्टडी में बुलाने के इंतज़ार में बैठा करता था. एक क्षण के लिए लगा जैसे कि पापा अभी उसको अंदर भेज देने के लिए पापा अभी भी अपनी स्टडी में हैं और कुछ भी नहीं बदला है. अपनी व्यस्तता खत्म होते ही वे अनिल को स्टडी में बुलाएंगे और मैं यहीं बैठी-बैठी उनके तर्क-वितर्क सुनती रहूँगी, परन्तु दूसरे ही क्षण वह कल्पना भंग हो गई. मेरी हल्की-सी आहट से ही वह खड़ा हो गया था- नमस्कार कर और मुझसे बैठने को कहकर,

जैसे घर का मालिक वह हो और मैं मेहमान होऊँ, वह आराम से अपने स्थान पर बैठ गया था. हम दोनों ही चुप थे. मैं इस प्रतीक्षा में थी कि कब पापा की मृत्यु पर औपचारिक सांत्वना के दो शब्द कहकर अनिल वापस जाने का उपक्रम करता है या मेरे विगत को जानने की जिज्ञासा से कुछ देर और बैठता है. वह संभवतः समझ नहीं पा रहा था कि कैसे बात की जाये. चुप्पी बोझिल होने लगी थी कि तभी लीक से हटकर बहुत आत्मीयता से भरी अनिल की आवाज़ गूँजी थी. नहीं, कुछ भी तो नहीं बदला है.

'नीरजा जी, सब कुछ 'सर' की तरह ही कैसा सँभालकर रखा है आपने. अपने 'सर' के इंतजार में बैठा हूँ. एक कप चाय नहीं पिलाएंगी क्या?'

कहते हुए उसकी आँखें छलक आईं थीं. पापा के लिए मेरी आँखों में भी पहली बार किसी के सामने आँसू आये थे. तब तक रघु काका दो प्याले चाय ले आये थे. चाय तो एक बहाना थी हम दोनों के बीच की चुप्पी को सहज करने के लिए. कुछ पलों के बाद उसने कहा था, 'आप भी बिलकुल नहीं बदली हैं इन ढाई-तीन वर्षों में, नीरजा जी.'

मैंने भी जवाब में कह दिया था, 'आप भी कहाँ बदले हैं.'

परन्तु मन के भीतर कोई कह रहा था कि हम दोनों ही बदल चुके थे. अब मैं उसके लिए नीरजा जी थी और वह मेरे लिए आप. अब वह एक कॉलेज में सम्मानित प्रोफेसर था और मैं समाज की निगाहों में एक परित्यक्ता. कितना कुछ घट चुका होगा उसके भी जीवन में. इन वर्षों में. कभी हम दोनों ने ही प्रकट में न सही परोक्ष रूप से तो एक दूसरे को एक विशेष नज़र से देखा ही था. अपने लिए तो मैं विश्वास से जानती ही

हूँ. पर इस समय तो कमरे में फैली चुप्पी वातावरण को बोझिल ही बना रही है. क्यों नहीं अनिल औपचारिकता निभाकर चलने का उपक्रम कर रहा है? उसकी मौन संवेदना सहना तो बार-बार सुने पापा की मृत्यु से संबंधित रस्मी प्रश्नों और मेरे वैसे ही रस्मी उत्तरों से भी ज्यादा कष्टकर हो रहा है. इच्छा होती है उसके परिवार के बारे में पूछ कर स्वयं ही संवाद को औपचारिक समाप्ति की ओर मोड़ दूँ, पर साहस नहीं हुआ. तभी एक गौरैया के जोड़े ने चोंच में तिनके दबाये प्रवेश कर अपनी चह-चह से कमरे की नीरवता को भंग कर दिया. मेरी और अनिल दोनों की नज़र एक-साथ उनके बनाये नन्हे-से घोंसले की ओर गई और फिर आकाश में दूर वापस उड़ते उस जोड़े के पीछे, जो नए तिनकों की खोज में फिर चल पड़ा था. कमरे में गंदगी न हो, यह सोच कर मैंने खिड़की बंद करनी चाही, तभी अनिल ने मेरे हाथों पर अपने हाथों का दबाव डालकर ऐसा करने से मुझे रोक दिया. पता नहीं कैसे अनजाने में उस एक क्षण में मुझमें एक नए नीड़ के निर्माण का स्वप्न जाग गया. लगा कहीं कुछ भी तो नहीं बदला है. पापा का सुरुचि से बनाया यह नीड़ मैं किसी के साथ मिलकर फिर से बसा सकती हूँ. अनिल के स्पर्श ने बिना पूछे ही उसके जीवन का इतिहास मुझे बता दिया था. मन में उठ रहे हर प्रश्न का उत्तर जैसे मुझे उसके बिना कहे मिल गया था. और अचानक जैसे पंख उग आये थे और मैं उन पंखों के सहारे उड़ चली थी गौरैया के जोड़े के पीछे-पीछे एक नए आकाश की ओर - अपने ही एक छोटे से आकाश को अपने मन में सँजोये.

20

एहसास

काम से अभी मुश्किल से निबटकर ज़रा कमर सीधी करने पलंग पर लेटी ही थी कि मिसेज चावला आ धमकीं. अभी दिन के दस बजे थे और वे पूरे श्रृंगार में लकदक मेरे सामने खड़ी थीं. और मैं अभी लटें बिखराए रात के गाउन में ही सुशोभित थी. सच शर्म तो बड़ी आई, पर क्या करूँ - घर का काम है कि सुरसा के मुंह की तरह फैलता ही जाता है. मैंने सोचा, चलो, थोड़ी गपशप में ही आराम हो जाएगी. आज लगता है मिसेज चावला को किसी के परखचे उड़ाने होंगे, तभी सुबह-सुबह मेरी सुधि हो आई. जानती हैं न कि मैं सब की सुन लेती हूँ और यहाँ कुछ भी बक जाएं, बाहर नहीं जायेगा और उनका मन भी हल्का हो जायेगा.

मैंने उन्हें आग्रह से बैठने को कहा, पर आज वे बैठने के मूड में नहीं थीं, बोलीं, 'चलिए मिसेज वर्मा, ज़रा सिटी चलते हैं. नवीन मार्केट से कुछ खरीदारी भी हो जाएगी और आउटिंग भी.'

पहले मैंने अपना जायज़ा लिया, फिर ऊपर से नीचे तक उन्हें निहारा और पूछ ही लिया, 'कोई खास खरीदारी करनी है क्या?'

'नहीं, मिसेज वर्मा,' उन्होंने बड़ी लापरवाही से ज़वाब दिया. 'दिन भर घर में बैठकर बोर होने से क्या फायदा? विंडो शॉपिंग का अपना मज़ा है. दिन भर कॉरिडार्स में घूमते रहो और देखते रहो नई-नई चीजें. कोई ज़बरदस्ती थोड़े ही है. मन हो तो थोड़ी-बहुत खरीदारी भी कर लो. कोई चीज जँच जाये तो खरीद लो,

नहीं तो घूमना. सच मानिए, मिसेज वर्मा, कभी-कभी बहुत बढ़िया चीजें हाथ लग जाती हैं और वह भी काफी सस्ते में.'

उनकी इतनी लंबी शॉपिंग-पुराण वार्ता के बाद उनके साथ न जाना तो गुनाह ही होता. मन में शॉपिंग का लालच भी जागा. भला मनु के साथ कोई इधर-उधर जहाँ-तहाँ दुकानों पर अटककर शॉपिंग का मज़ा ले सकता है. पर मेरे लिए इस समय कहीं भी जाना मुमकिन नहीं था. फिर सारे दिन का प्रोग्राम. मनु तीन पीरियड्स पढ़ाकर सवा बारह - हद से हद एक बजे तक घर आ जायेंगे. आते ही श्रीमान जी को एक गिलास पानी पेश करो. और वे आराम से ईज़ीचेयर पर बैठे-बैठे कॉलेज और विद्यार्थियों के बखिये उधेड़ते रहेंगे और मैं हाँ-हूँ करती इधर-उधर घूमते हुए भी कान उनके पास छोड़कर किचन में कुछ-न-कुछ करती रहूँगी. लंच की तैयारी के बीच में उनकी फरमाइशें भी गूँजती रहेंगी, 'अरे मेम साहब, चाय बना रही हो क्या?'

भला कोई पूछे तो यह भी कोई चाय का टाइम है. पर मैं मीठी-सी मुस्कान मुंह पर लाकर कहूँगी, 'ला रही हूँ, ज़नाब.'

तभी उनकी दूसरी गुहार पीछा करती आ जाएगी, 'देखो, अपने लिए भी लाना. अकेला मैं नहीं पियूँगा.'

चलो भाई अपने लिए भी बना लेती हूँ. बस इसी सब में चरखे-सी घूमती रहूँगी सारा दिन. सच घर में पति रहे तो कितना काम बढ़ जाता है. क्या मौज है मिसेज चावला की. चावला साहब महीने में पन्द्रह दिन तो टूअर पर ही रहते हैं. न कोई खाने का झंझट न दिन भर घर पर रहने की पाबंदी. 'वीर दी हट्टी' के छोले-भटूरे और गरमागरम समोसे ऐसे लोगों के ही काम आते हैं, फिर चाहे सारा दिन कहीं विजिट करो, गप्पें मारो, शौपिंग करो. किस्मत वालों को मिलता है टूअर वाला

पति. इस कॉलोनी में तो अधिकतर परिवार ऐसे ही हैं. 'न्यू विकासनगर' कॉलोनी में बनी नई-नई कोठियाँ सरकार ने ज़्यादातर अपने एक्जीक्यूटिव्स के लिए ही ले रखी हैं. उनकी बीवियों को कुछ काम तो होता नहीं. सुबह-शाम घर की सफाई साहब का चपरासी कर जाता है. कुछ सब्जी-वब्ज़ी बनवानी हुई तो वह भी बनवा ली. बस फिर फुर्सत-ही-फुर्सत सारे दिन. यहाँ तो सुबह पाँच बजे बेड-टी से दिन उदय होता है और रात को दूध के गिलास में डूबता है. मुझसे कोई नई ज्योग्राफी लिखने को कहे तो मैं तो लिखूँगी सूरज चाय के कप में उगता है और दूध के गिलास में डूबता है. अगले जन्म में कोई टूअर वाला सरकारी अफसर पति मिले, इसके लिए सोचती हूँ अभी से सुन्दरकाण्ड का पाठ करना शुरू कर दूँ. इस कॉलोनी में मुझ जैसी तो बस दो-चार ही होंगी. प्रोफेसर पति के साथ कोई यह ज़िंदगी है. खुद काम में बंधे सारा दिन पतिदेव की परिक्रमा में बिता दो और लोगों की नज़रों में पति निठल्ला दिखे और घर में आलम यह की वह सारा दिन थका रहे, लड़कों की अक्कल को रोता रहे, कॉपियों पर लाल-नीले निशान खींचता रहे और ज़माने भर को कोसता रहे. ऊपर की कमाई का तो खैर कोई ज़रिया ही नहीं है. कुछ ट्यूशन से कमाए भी तो कौन्शेन्स के खिलाफ वर्क करने का गम गलत करने के लिए दस बार चाय पीकर गँवाये. क्या मौज है सरकारी नौकरी में. चाय-समोसों का कोई हिसाब नहीं और गर्मियों में सारा दिन ठाठ से कूलर की हवा में झपकियाँ लेते रहो और सर्दियों में हीटर पर हाथ सेंकते रहो और घर में बीवी को भी फुर्सत ही फुर्सत. चलो भाई, अपनी तो कट ही जाएगी, पर कोई सलाह मांगने आये तो प्रोफेसर से शादी की सलाह कभी नहीं दूंगी किसी को.

आज सुबह पता नहीं किसका मुंह देखकर उठी थी. मनु ने कॉलेज से आते ही खुशखबरी दी पर दुखभरी आवाज़ में, 'विभु, एक सेमिनार है चंडीगढ़ में. प्रिंसिपल ने मेरा नाम रिकमेंड किया है.'

सच, मैंने खुश होते हुए कहा. 'इतनी ख़ुशी की बात और तुम इतना अटक-अटककर बता रहे हो!'

परन्तु मेरी ख़ुशी का असर उन पर नहीं हुआ. वैसे ही मुंह बनाये बोले, 'पर तुम तीन-चार दिन अकेली हो जाओगी. कैसे रहोगी अकेले?'

अब तक तो मैं मनु का नाम रिकमेंड होने से ही खुश थी कि प्रिंसिपल ने इनको ही इतने लोगों में से इस योग्य समझा, परन्तु मनु के अकेले शब्द पर जोर देने से मुझे एक और ख़ुशी का कारण मिल गया. दो-चार दिन मेरे पास भी फुर्सत रहेगी इन सरकारी अफसरों की बीवियों पर रोब जमाने की. परन्तु चेहरे को दुखी बनाते हुए कहा, 'हाँ, यह तो है. सूना तो लगेगा तुम्हारे बिना, पर जीवन में आगे बढ़ने के लिए थोड़ी-बहुत सैक्रीफाइस तो करनी ही पड़ती है. मैं तुम्हारी तरक्की के लिए इतना-सा त्याग नहीं कर सकती?'

मन ही मन सोच रही थी. अपने अकेले का काम ही क्या होगा? खाने का झंझट कौन करेगा? छोले-भटूरे ही मंगाकर खा लूंगी और चार घर विजिट करके यह भी बता आऊँगी, 'मेरे पति सेमिनार पर गये हैं.'

सेमिनार टूअर से कम थोड़े ही है. कुछ ज्यादा ही शान से बताऊँगी. काम करने वाली बाई भी दो दिन खुश हो लेगी, नहीं तो मेरे घर के ज्यादा काम को लेकर कभी-न-कभी सुनाती ही

रहती है, 'फलाँ के घर तो काम ही नहीं है या फलाँ के घर तो बहुत कम काम होता है. साहब तो जब-तब बाहर ही रहते हैं.'

सुनकर उस समय तो बड़ा बुरा लगता है. जी चाहता है कह दूँ, 'काम नहीं है तो तुझे मुफ्त की तनख्वाह दे रहे हैं.' लेकिन बाद में लगता पति की टूअर की नौकरी न होने से कुछ नीची पड़ रही हूँ सभा-सोसायटी में.

चावला की तरह ही मिसेज पुरी भी मेरी पड़ोसिन हैं. एक ही लेन में रहने की वज़ह से आती ही रहती हैं. कभी कुछ पका रही होती हूँ तो तारीफ के लहजे में कहेंगी, 'भाई मिसेज वर्मा, आप तो बड़े-बड़े काम कर लेती हैं,' पर लहज़ा ऐसा कि लगेगा जैसे कह रही हों, 'क्या सारे दिन चूल्हे-चौके में लगी रहती हो.'

खूब चटखारे ले-लेकर घर के बने समोसे खा जाएंगी, पर साथ ही यह भी कहती जाएंगी, 'शौक तो मुझे भी बहुत है, पर क्या करूँ घर की बनी चीज कोई खाता ही नहीं मेरे घर में.'

जैसे पुरी साहब तो कभी आये ही न हों हमारे घर में. अभी परसों की ही तो बात है. वे आये थे. दही-बड़े खाकर बोले थे, 'सच भाभी जी, घर की बनी चीज की क्या बात है, चाहे कितनी ही खा लो, पेट गड़बड़ नहीं होता, पर मेरी मिसेज को तो फुर्सत ही नहीं मिलती. कभी किसी किटी पार्टी में जाना है तो कभी किसी सोसायटी की मीटिंग में.'

स्वर में शिकायत थी. मैंने मिसेज पुरी की तरफदारी करते हुए कहा था, 'भाई साहब, वे कुछ सोशल वर्क तो करती हैं. यहाँ तो बस घर और चूल्हा-चौका.'

बात काटते हुए पुरी साहब बोले थे, 'क्या बात करती हैं आप? और ये कहानियां-लेख कौन लिखता है?'

25

मैंने कैजुअली जवाब दिया था, 'अरे, वह तो बस यों ही. घर बैठी रहती हूँ तो कुछ लिख-विख लेती हूँ.'

पुरी साहब के जाते ही मैंने बिना सोचे-समझे एक फिकरा उछाल दिया था, 'लोगों को दूसरों की बीवियों में पचास गुण और अपनी बीवी में हज़ार ऐब नज़र आते हैं.'

सुनते ही मनु सिर पर चढ़ आये थे, 'ऍ, क्या कहा?'

ऐसे आँखों में आँखें डालकर बोले थे कि कहना ही पड़ा, 'तुम्हारे जैसे बुद्धू तो कम ही होते हैं, जिन्हें कोई दूसरा दिखता ही नहीं.'

और हम दोनों खिलखिलाकर हँस पड़े थे. महिला समाज में तो मुझे पिछड़ा हुआ ही माना जाता है, ऊटपटांग शॉपिंग न करने से कंजूस भी. अब ज़रा मैं भी सोशल होकर और शॉपिंग करके दिखा दूँगी कि उन लोगों से कुछ कम नहीं हूँ मैं.

होते-होते वह दिन भी आ गया, जब मनु को जाना था. एक-एक चीज की बड़ा सोच-सोचकर तैयारी की. पहली बार मेरे साथ के बगैर घर से बाहर जा रहे थे. एक छोटी अटैची से लेकर टूथपेस्ट-टूथब्रश और अटैची में समा जाने वाली छोटी टॉवेल तक खरीदनी पड़ी. ऊपर से उदास होती हुई और उन्हें भरोसा दिलाती हुई कि मैं भी उनके बिना एक पल भी चैन से नहीं रह सकूँगी, मनु की उदासी में अपनी उदासी मिलाती रही और साथ ही एहसान भी जताती रही कि उनके लिए यहाँ अकेले रहकर मैं कितना बड़ा त्याग कर रही हूँ, 'तुम तो वहाँ तमाम लोगों में मस्त हो जाओगे. मौज ही मौज है तुम्हारी तो.'

मनु उस मौज की बात सुन-सुनकर खीझते रहे और मैं मन-ही-मन उनके जाने के बाद के प्रोग्राम बनाती रही. किन्तु सुबह

मनु के हाथ में ब्रीफकेस पकड़ाते ही दिल जैसे गहरी खाई में धँसने लगा. लगा बड़ी जोर से रुलाई फूट पड़ेगी. बड़ी मुश्किल से अपने पर काबू पाया. मन को दिलासा दिया कि यह तो बस थोड़ी देर की भावुकता है. इनके जाने के बाद जहाँ दो-चार लोगों के यहाँ विजिट पर गई, कुछ पेंडिंग पड़े काम पूरे किए, कुछ शॉपिंग-वॉपिंग की कि सब कुछ सामान्य हो जायेगा. ये चार दिन तो पंख लगाकर उड़ जायेंगे. परन्तु न जाने क्या हुआ - मनु को विदा करते ही अकेला घर साँय-साँय करने लगा. दस मिनट में घर के बिखराव को समेटकर सोचा कुछ पेंडिंग पड़े काम पूरे कर डालूँ, पर लगा कि मनु के जाते ही बहुत थक गई हूँ. इस भावना को कि मनु के बगैर सब कुछ सूना हो गया है और थकान भी मन की है झुठलाने के लिए मन ने तर्क दिया कि सुबह से काम भी तो कितना करना पड़ा है. कुछ देर आराम करने की सोचकर मैं उसी ईजीचेयर पर बैठ गई, जिस पर मनु आधा दिन पसरे पड़े किताबों में आँखें गड़ाए रहते थे.

तभी अचानक लगा कि जैसे उनकी आवाज़ आई, 'अरे भाई, क्या चाय पिला रही हो?'

एक बार तो चौंककर मैंने इधर-उधर देखा भी. फिर ख़ुद पर हँसी आ गई. अरे, यह तो ईजीचेयर का भूत है. उठकर पलंग पर लेट गई और पता ही नहीं चला कब गहरी नींद में खो गई. जब आँख खुली तो देखा बाहर गहरे नारंगी रंग के आसमान में सुरमई धारियाँ नज़र आने लगीं थीं. मैं चौंककर उठ बैठी. कितनी देर सोई रही. सारा दिन सोकर ही बिता दिया. सोचा कॉलोनी में एक चक्कर मार आऊँ. पर शाम के इस समय किसी के घर जाना ठीक न ही होगा, सोचकर इस कमरे से उस कमरे के एक-आध चक्कर लगाकर फिर पलंग पर पसर गई.

सोचने लगी एक मनु से घर इतना भरा-भरा कैसे रहता है. अभी तो गए चंद घंटे ही हुए हैं. चार दिन का समय कैसे बीतेगा. पर फिर सोचा कि आज तो पहला ही दिन है. नए उत्साह से तो कल सुबह से दिन शुरू होगा.

रात देर तक मन-ही-मन प्रोग्राम बनाती रही. कल सबसे पहले पुरी के यहाँ जाऊँगी. उसको ज़रा दिखा दूँ सिर्फ चूल्हे-चौके में ही नहीं लगी रहती हूँ मैं. कॉलोनी वालियों को भी पता लगे मेरा घरवाला सेमिनार अटेंड करने गया है. इसी उधेड़बुन में शाम का खाना भी भूल गई.

सुबह सज-संवरकर पहुँच ही गई पुरी के घर. वह गले तो ऐसे मिली जैसे बरसों की बिछड़ी हो. पूरा एक घंटे गप्प मारती रही, पर एक कप चाय तक को नहीं पूछा. बाई नहीं आई थी. खुद बनाने से तो शान घटती है. रोज़ चावला के साथ ही घूमना-फिरना होता है, परन्तु आजकल लगता है कुछ खटकी हुई थी दोनों के बीच. उससे चावला-पुराण सुनते-सुनते बुरी तरह बोर हो गई. कहीं और जाने का मन ही नहीं हुआ. घर की ओर लौट ही रही थी कि मिसेज चावला मिल गईं. बड़े ही जोश से कहने लगीं, 'आपके ही घर जा रही थी.'

मेरे पतिदेव के बाहर जाने की खबर उन्हें लग गई थी.

मैंने कहा - 'चलिए, फिर घर चलकर बैठते हैं.'

'नहीं भाई, अब बैठना क्या घर में. चलिए, कुछ शॉपिंग हो जाये. आज तो आप पूरी तरह फ्री हैं,' कहकर मुस्करा दीं.

मेरे पतिदेव सेमिनार के लिए बाहर गये हैं, यह खबर सारी कॉलोनी में फैल गई थी. इससे मेरी नाक तो ऊँची हो ही गई थी. अब मिसेज चावला के साथ शॉपिंग. मेरी तो जैसे मन की मुराद ही पूरी हो गई.

सारा दिन घूम-घूमकर शॉपिंग किए सामान को पलंग पर बिखरा पड़ा देखती रही मैं देर रात तक और महीने के बाकी बचे दिनों में आने वाले खर्चों का हिसाब मन-ही-मन लगाती रही. सामान सहेजते बराबर यही लगता रहा - कोई भी तो सामान ऐसा नहीं खरीदा जिसकी हमें बहुत जरूरत हो. और यह एहसास होते ही मनु की याद ज्यादा ही सताने लगी. मनु के साथ तो ऐसी बेकार की खरीदारी कभी भी नहीं की थी.

रात काफी बीत चुकी थी. अभी तक मैंने अपने लिए खाने को कुछ भी नहीं बनाया था. सोचा पड़ोस के बबलू से पास के मार्केट से छोले-भटूरे मँगवा लूँ, किन्तु यह विचार इतना एब्सर्ड लगा कि क्षण भर भी नहीं टिका. मनु को कितने पसंद हैं छोले-भटूरे और उनके साथ के बगैर क्या मज़ा आएगा खाने में. सोचा उनके आने पर घर पर ही बनाऊँगी.

और फिर भारी कदमों से चलकर ब्रेड-बॉक्स में कल की बची पड़ी दो पीस ब्रेड पर मक्खन लगाकर वही खाकर और एक गिलास पानी पीकर बिस्तर पर पड़ी रही. सोचती रही - अभी तो एक दिन ही बीता है. कैसे बीतेंगे बाकी और तीन दिन. सोचते ही दो बूँद आँसू चुपचाप तकिए पर ढुलक गये थे. हाँ, अपने लिए तो अपनी घर-गृहस्थी, अपना चूल्हा-चौका और मनु का हरदम साथ ही सच्चा स्वर्ग है. यह एहसास होते ही मन शांत हो गया था और नींद आ गई थी.

एक सुख के लिये

'री - ती-रीती ...' छोटे-से कमरे में ये दो छोटे-छोटे शब्द भर गये थे. पल में रीता रजनीश के सामने खड़ी थी.

'हूँ, क्या है? एक आवाज देकर चुप भी हो जाया करो. चीखते ही जाते हो - पड़ोसी क्या सोचेंगे?' और दो अनुराग भरी आँखें रजनीश पर तन गईं थीं.

'तुम बोली कहाँ थीं जो मैं चुप हो जाता,' हाज़िरजवाब रजनीश ने कहा था.

'अच्छा बोलो, क्या हुक्म है हुज़ूर का ?' रीता जल्दी में थी क्योंकि कढ़ाई में चढ़ी सब्जी के जल जाने का डर था. रजनीश की फेवरिट सब्जी चढ़ा आई थी वह.

'मेरा एक मोज़ा नहीं मिल रहा है,' रजनीश का स्वर चिंतातुर था. ऑफिस जाने की जल्दी में था वह. कहीं देर न हो जाये. आठ-पैंतीस की बस के छूट जाने की परेशानी.

'अभी-अभी जूतों में ही तो रख गई थी दोनों,' कहते हुए नीचे झुककर देखने लगी थी रीता, तभी रजनीश ने दूसरी समस्या खड़ी कर दी थी, 'देखो न, यह क्या हो गया ? जूते में तो पैर ही नहीं जा रहा. लगता है छोटे हो गये हैं.'

रीता ने हँसते हुए जूता हाथ में उठा लिया था. 'जूता छोटा हो गया? नहीं, ज़नाब, आप ही बड़े हो गये हैं. बाप-रे-बाप, कितने लंबे हो गये हैं इतनी सी देर में.'

रीता के हाथ में जूता देखकर रजनीश बनावटी डर का नाटक करते हुए बोले थे, 'या खुदा, अब तो बाथरूम में ही पनाह लेनी पड़ेगी.'

किन्तु रीता को समस्या का समाधान मिल गया था. जूते के अंदर बिलकुल आगे मोज़ा चिपका हुआ था. रजनीश ने जूते में पैर घुसेड़ने की धुन में ध्यान ही नहीं दिया था कि जिस जूते से मोज़ा निकाला था, उसमें पैर डालने की बज़ाय दूसरे में डाल दिया था. फलस्वरूप एक मोज़ा लापता हो गया था और जूता छोटा. समस्या के इस पक्ष को सोचते ही दोनों जोर से हंस पड़े थे और रीता रसोई की और भाग चली थी.

कितना-सा घर था तब! एक कमरा, साथ लगा बाथरूम, बरामदे में किचन. पचास रुपये किराया तब कितना ज्यादा लगता था. फिर भी दिल्ली के हिसाब से अच्छा. कम-से-कम लैट्रिन के लिए बम-पुलिस यानी कॉमन में तो नहीं जाना पड़ता था. कितने चिढ़ते थे रजनीश कॉमन लैट्रिन से. कमरे में एक कोने में बनी रसोई, दो छोटे-छोटे भगौने, चार कप-प्लेट, दो गिलास, तीन-चार प्लेटें, एक बक्से में लिफाफों-पुड़ियों-डिब्बों में बंद मसाले-दालें-घी-तेल.

हाँ, एक कोने में सिमटी पूरी गृहस्थी, पर कहाँ किस चीज की कमी थी. एक ओर ज़मीन पर बिछा बिस्तर. रीता ने अपने हाथ से काढ़ कर तकियों के गिलाफ बनाये थे - रात में सिर के नीचे, दिन में दीवार के सहारे टिकाकर सोफे के कुशन बन जाते और बिस्तर सोफा. यों ड्राइंग रूम-कम-डायनिंग का कोना अलग था. दो गोल मूढ़े, एक बाँस की तीन-बाई-डेढ़ की मेज, उस पर प्यारा-सा मेजपोश. कभी किसी के आने पर ड्राइंग रूम, चाय के

31

समय डायनिंग रूम, वरना पूरा का पूरा उनका अपना बेडरूम. सब आने-जाने वाले उसी एक कमरे में कितना खुलकर बैठते थे. आने-जाने वालों में दोस्त ही तो थे. रिश्तेदारों ने तो संबंध ही तोड़ लिए थे. अंतरजातीय-अन्तरप्रांतीय विवाह तब महापाप था. विवाह दोस्तों की मदद से हो गया था. बिना-बताये चुपचाप घर से भाग निकलना और महानगरी की भीड़ में एक अनजानी इकाई बनकर रहना - सब कुछ सोचने पर कितना मुश्किल लगता है आज, पर तब कहाँ मुश्किल लगा था. रीता तो अस्पताल जाने के बहाने घर से निकली थी. शरीर पर एक सूती धोती, हाथ में एक घड़ी, चार चूड़ियों और हैण्डपर्स में कुछ रुपयों के आलावा कुछ भी नहीं था उसके पास. रजनीश ज़रूर बहन के यहाँ जाने के बहाने से अपने सारे कपड़े और एक हल्का बिस्तर लाने में सफल हो गये थे. तब रजनीश के मित्र कितना काम आये थे. जल्दी ही रजनीश को दिल्ली में नौकरी मिल जाने की आशा थी. पंद्रह-बीस दिन दिल्ली में छिपकर रहने में जो तकलीफें उठाईं थीं, उनको याद कर अब रोमांच नहीं, हँसी आती है. कितने अपने थे रजनीश उस समय - चौबीसों घंटे नितांत अपने.

अब अट्ठारह साल बाद उसी महानगरी दिल्ली में फिर रजनीश के एक बड़े अफसर के रूप में आने पर रीता पिछली बातें याद कर रही है. वे यादें कष्टकर नहीं सुखद लगती हैं. कहाँ मेल है उन यादों का आज की स्थितियों से. रजनीश बड़े दृढ़-निश्चयी थे और स्वाभिमानी भी. घर वालों की उपेक्षा कितने अंदर तक रजनीश को चुभी थी, यह रीता ने तब जाना था, जब रजनीश आई०ए०एस० का फार्म भरकर पढ़ाई में व्यस्त हो गये थे.

समाज में प्रतिष्ठित होकर रिश्तेदारों द्वारा पूजे जाने की लगन लग गई थी उन्हें. रात देर तक पढ़ते, सुबह सोकर उठने में देर हो जाती. जल्दी-जल्दी ऑफिस पहुँचने की उतावली में एक ही काम रजनीश को ऐसा लगता, जिसके न होने से चलेगा और वह था खाना न खाना. पर रीता को कितना दुख होता था. रजनीश जूते पहन रहे होते, रीता मुंह में कौर देती, कभी अपने गले में टाई बाँधकर रजनीश के गले में फिट करती. रजनीश से ही तो टाई बाँधना सीखा था. रात में उठकर कितनी बार चाय बनाती, रजनीश को पढ़ते देखती बिस्तर पर अधजगी लेटी रीता कितनी सुखी थी, कितनी भरी-भरी. कोई अपना नहीं था, फिर भी सब कुछ कितना अपना था. लाल ज़री की साड़ी कहीं आने-जाने पर जब रीता पहनती तो रजनीश झूम-झूम उठते. नौकरी लगने पर पहली तनख्वाह मिलने पर वही साड़ी लाये थे रजनीश. कैसा सरप्राइज़ दिया था उसे.

उन दिनों कई बार रजनीश ऑफिस से लंच टाइम में आ जाते. कितना मुश्किल होता है बस में लटके-लटके आना, किन्तु वे दिन और थे.

एक दिन साथ में ब्रजेश आये थे. दोनों ने खाना खाया. जाते समय ब्रजेश बोले थे, 'आज मैटिनी रह गया,' तो रजनीश ने मुस्कराते हुए रीता की ओर देखा था और आगे बढ़ गये थे.

शाम को रीता ने पूछा था - 'आज पिक्चर का प्रोग्राम था क्या,' तो मैटिनी का जो अर्थ रजनीश ने बताया था, उसे सुनकर रीता कानों तक लाल हो गयी थी.

'तुम लोग बड़े खराब हो. आपस में ऐसी बातें करते हो.'

पुरुषों की एक कोड लैंग्वेज होती है, यह रीता ने उसी दिन जाना था.

उफ़ रजनीश की नींद! सुबह उठाने के लिए कितना हिलाना पड़ता था. थक भी तो बहुत जाते थे. पढ़ाई, नौकरी, रोमांस! सब में एक नया जोश था, नया चाव था. लगन को रंग लाना ही था. रजनीश अफसर हो गये. वह भी छोटे-मोटे नहीं. सीधे आई०ए०एस० ऑफिसर. माँ से आशीर्वाद लेने गये थे इस आशा में कि माँ अपनी बहू को नहीं तो कम-से-कम पोते को देखने की इच्छा तो करेंगी ही, पर वहाँ से झगड़कर आये थे. माँ ने जो बात कही थी, उसे सुनकर वह स्तब्ध हो गयी थी. माँ की ममता उसने नहीं जानी थी, पर माँ की कठोरता का उसे अब पता लगा था. माँ ने रजनीश से कहा था, 'अब शादी करता तो पचास हजार का दहेज़ मिलता, फिर उसको ऐसे भी तो बिठाया जा सकता था - ब्याह तो अपनी जाति में ही करना चाहिए था.'

बाद में सब कुछ बदला था. वही माँ उसके पास रहने भी आईं थीं. अनिच्छा से ही सही, किन्तु जाते-जाते सब कलुष धुल गया था. धीरे-धीरे भाई-बहन सब नजदीक आ गये थे. रीता ने किसी को यह महसूस नहीं होने दिया था कि रजनीश के बड़े अफसर हो जाने से ही सब रिश्तेदार आत्मीय हो गये थे. उसे खुद अपने छोटे भाइयों को छोड़ते हुए जो चुभन हुई थी, वही रजनीश को भी तो होगी.

रजनीश पहली बार कलेक्टर की पोस्ट पर नियुक्त हुए. कितनी बड़ी कोठी, कितनी ज़मीन थी चारों ओर. टीटू और मिकी सारे कंपाउंड में घूमते, फूलों से खेलते कितने अच्छे लगते. रजनीश अपना काम बड़ी मेहनत से कर रहे थे. कितने ही नज़दीकी क्षणों में वे उठकर ड्यूटी पर गये हैं. रीता कहाँ थी उद्घाटन

34

समारोहों में. लोग कलेक्टर साहब को घेरे रहते. पर रीता अपने-आप में कितनी गौरवान्वित हो उठती थी. परन्तु धीरे-धीरे रजनीश की भरी-भरी आवाज़ में 'रीती-रीती' की गूँज कम होती गयी थी. कैसा लगता था रीता को. पर अब इतने नौकरों-चपरासियों के सामने मेम साहब को ऐसे बुलाना अच्छा भी कहाँ लगता है.

दिन बीतते गये. पता ही नहीं चला कब लाल ज़री के किनारे की साड़ी बक्से की तह में बिछ गयी थी. अब तो वार्डरोब खोलकर खड़ी हुई रीता को समझ में ही नहीं आता क्या पहने जिसे देखकर रजनीश झूम उठें. नहीं, नहीं, अब वह भी यह कहाँ सोचती है. स्टैंडर्ड के हिसाब से कपड़े पहनने हैं. मँहगे दाम के. लेबल लगे.

कितनी बड़ी कोठी मिली है चाणक्यपुरी में. इतना बड़ा ड्राइंग रूम-डायनिंग हाल है, फिर भी फर्नीचर के हिसाब से छोटा लगता है. 'कुछ और बड़ा होना चाहिए था,' टीटू कहता है, जो अब रोहित हो गया है.

मिकी भी अब कहाँ मिकी रह गया है. फिर रीता क्यों याद करती है दो गोल मूढ़े और बांस की मेज को. दो-दो गेस्टरूम हैं कोठी में. कई बार दोनों भर जाते. जगह की कमी पड़ जाती. कितने मेहमान आते हैं. कई बार तो लगता है कि वे मेहमानों के लिए ही हैं. वही दिखावटी मुस्कानें, शालीन और शिष्ट नकली वक्तव्य. शब्द कितना झूठ बोलते हैं, यह उसको बराबर महसूस होता रहता है. रोहित और सुमीत अपने-अपने कमरों की हदबंदी में किसी को भी घुसने नहीं देते. कैसी टीस उठती है

35

उस समय जब मेहमानों से भरा घर सराय लगने लगता है. ज़मीन से लगी आदमी के हाथ ऊँचा करने तक उठी बर्तनों से भरी अलमारी के बर्तन कम नज़र आते हैं.

रजनीश कहते हैं, 'रीता, मिस्टर खन्ना के यहाँ जो डायनिंग टेबल देखी थी बीच में रिवाल्विंग सर्विस वाली, वैसी ही हम भी बनवा लें न? कितनी आराम रहती है जिधर चाहो घुमाओ, खाना अपने सामने.'

फ्रिज का डिजाइन भी पुराना हो गया है. नए फ्रिज का ऑर्डर.

यह सब क्या है! दो-दो मकान अपने बन गये हैं. एक कोठी उस छोटे से शहर में जहाँ पहली बार रजनीश कलेक्टर हुए थे और एक चार बेडरूम का फ्लैट मुंबई में. कितनी ऊँची बिल्डिंग है जिसमें वह फ़्लैट है. लोगों की नज़रें अपने-आप उस ओर उठ जाती हैं. और फिर सीधा सी-व्यू, सामने ही अठखेलियाँ लेता अरब सागर.

अट्ठारह साल की अथक मेहनत के बाद यह सब मिला है. कहीं कोई कमी नज़र नहीं आती. दो जवान होते हुए बेटे, कोठियाँ, रेडियोग्राम, फ्रिज, फॉरेन से इम्पोर्ट किया टी.वी., म्युज़िक सिस्टम, बड़ी-सी अपनी गाड़ी. क्या कमी है भला उनके पास? प्यार में भी कोई कमी नहीं है. रजनीश के हर टूअर से वापिस आने पर एक साड़ी उसके लिए उपहार में ज़रूर होती है. रजनीश को उसके लिए नई-नई साड़ियाँ लाने का कितना शौक है. पर साड़ी ही तो पल्ले पड़ी है रीता के. रजनीश तो महीने में कितने ही दिन टूअर पर रहते हैं. कभी पूना, कभी शिलांग, कभी बंगलौर तो कभी श्रीनगर. कुछ हफ़्तों के लिए योरोप, यू.एस.ए. भी हो आये हैं. जिन दिनों घर पर भी रहते हैं, आने-

जाने वालों का ताँता लगा रहता है. कोई भी तो ऐसा नहीं, जिससे रीता अपने दर्द, अपनी खुशियाँ सहज होकर बाँट सके. और-और ऊँचे पद पर पहुँचने की रजनीश की लालसा और उसके लिए जुगाड़ बिठाते रजनीश, रीता और बच्चों के लिए सब कुछ करते हुए रजनीश रीता से कितनी दूर हो गये थे. झिंझोड़ कर रजनीश को एक बार फिर से जगाने की रीता की लालसा - अब तो दो-दो स्लीपिंग पिल्स खाकर भी नींद नहीं आती है रजनीश को.

आज हर ओर से भरी रीता खाली क्यों? रजनीश के दिन-भर में हज़ार बार 'रीती-रीती' पुकारने पर तो वह कभी खाली नहीं हुई थी. अब तो रजनीश 'रीती' कहते भी नहीं, तब क्यों रीत गयी है रीता? तरस गई है अब तो वह उस 'रीती-रीती' गुहार के लिए. चाणक्यपुरी के इस भरे-भरे बँगले की ज़गह पहाड़गंज का एक कमरे का खाली-सा घर क्यों उसे रह-रह टेरता रहता है? आखिर क्यों? क्या उस सुख के लिए जिसे वह अपना कह सके, केवल अपना, हाँ, नितांत अपना.

कैसी होगी वह?

पूरी माँग लाल सिंदूर से भरी हुई, हाथों में ढेर-सी चूड़ियाँ, पाँवों में शायद बिछुए भी हों और आलता भी लगा हो, मैं ठीक से देख नहीं पाया. चेहरा जैसे खड़िया लगाकर सफेद किया, होंठों पर बेहद गहरी लिपस्टिक. सहसा तो मैं विश्वास ही नहीं कर सका कि यह श्यामा होगी. आई भी तो वह बरसों के बाद थी. मुझे अनदेखा करती हुई वह घर के अंदर चली गई थी. उत्सुकता वश मैं भी अंदर पहुँच गया था.

मधु को देखते ही वह उससे लिपट गई थी. मधु कुछ पूछे, उससे पहले ही श्यामा ने अपने इस भोंडे मेकअप का राज़ खोल दिया.

'मधु, मैंने डॉ. गुप्ता से शादी कर ली है. वही मेडिकल कॉलेज वाले दांतों के डॉक्टर. तुझे रिसेप्शन में ज़रूर आना होगा, बस आज मैं यही कहने आई हूँ.'

मधु ने कहा, 'इनसे कहिये न दीदी. ये लायेंगे तो मैं ज़रूर आऊँगी.'

श्यामा मेरी ओर मुड़ गई और बोली, 'देखो विनय, तुम्हें मधु को ज़रूर लेकर आना होगा और ऐसे नहीं. इसके लिए साउथ सिल्क की चौड़े ज़री बार्डर की साड़ी खरीद देना और हाँ, उसके साथ चांदी का सेट बहुत फबेगा. है न तुम्हारे पास?'

मधु को देखते हुए उसने पूछा.

'नहीं,' में जवाब पाकर वह अकस्मात बहुत दिलदार हो गई थी. 'अगर विनय नहीं लेकर देगा तो मैं भेज दूँगी तुम्हारे लिए. अब मेरे पास कोई कमी थोड़े ही है. हजारों की प्रैक्टिस है डॉक्टर साहब की.' और रिसेप्शन कार्ड जल्दी ही भेजने के वायदे के साथ जिस तेजी से वह आई थी, उसी तेजी से वापस भी चली गई. यद्यपि कार्ड कभी नहीं आयेगा, यह निश्चित था, परन्तु उसके इस आकस्मिक आगमन ने मुझे बहुत पीछे की यादों में ढकेल दिया था.

श्यामा की उम्र इस समय चालीस के करीब तो होगी ही. मुझसे दो-तीन साल बड़ी ही होगी. जब बाबूजी के ट्रान्सफर के बाद हम लोग कई बरस बाहर रहकर लखनऊ आ गये थे, तब वह करीब सोलह-सत्रह साल की रही होगी. अभी हम लोगों ने सामान उतरवा कर बस रखवाया ही था और थोड़ा आराम करने के लिए चारपाइयाँ बिछाई ही थीं कि करीब बराबर उम्र की दो लडकियों ने घर में कदम रखा और फौरन ही माँ के पास पहुँचकर जो काली-सी लड़की थी, बोली थी, 'चाची, खाना-वाना न बनाइएगा. मम्मी सब्ज़ी-पूड़ी बनाकर भेज रही हैं -आप लोग थके होंगे न.'

माँ से थोड़ी देर बतियाकर वे दोनों बहनें चली गई थीं और शेष रह गई थी श्यामा की आवाज़ की घुँघरुओं-सी खनक. मैं विस्मित था उसकी आवाज़ और शक्लोसूरत के विरोधाभास से. माँ से पता चला कि गली के मोड़ पर रहने वाले शर्माजी की लडकियाँ हैं दोनों.

दोनों सगी बहनें! पहली नज़र में विश्वास ही नहीं हुआ था. श्यामा तो बिलकुल श्यामा ही थी. बोली ज़रूर घुँघरुओं की मधुर

झंकार जैसी, किन्तु रंग काले तवे जैसा. शक्ल भी ऐसी ही. साथ ही मोटी और ठिगनी भी. लता, उससे एक साल छोटी, उससे बिलकुल उलटी. लम्बी-पतली, तीखे नयन-नक्श वाली, गोरी भी. बाद में शर्मा दम्पत्ति के शक्लोसूरत के विरोधाभास से समझ में आ गया था कि ऐसा क्यों है. लता माँ पर गई थी और श्यामा पिता पर.

समय पंख लगाकर बीत गया. बचपन को पार कर जवानी के रंगीन सपने आँखों में तैरने लगे. अनेक जगह श्यामा की शादी की बातचीत चली. परन्तु उसकी घुँघरुओं की खनक-सी आवाज़ सुनने से पहले, उसके काढ़े रूमाल, मेजपोश, क्रोशिये से बनाये कवर आदि देखने से पहले ही लोग उठने लगते थे. जाते-जाते लता से रिश्ते का उनका आग्रह कहीं गहरे तक श्यामा को खंडित कर जाता.

धीरे-धीरे श्यामा का हमारे घर आना बहुत बढ़ गया था. कुछ तो माँ के स्नेहिल व्यवहार के कारण और कुछ अपने घर में निरंतर मिले तिरस्कार की वजह से. छोटी बहन का लगातार बढ़ता सुन्दरता का अभिमान भी उसे ज़रूर सालता होगा. बार-बार के अस्वीकार से घर में जितना तिरस्कार बढ़ता गया, श्यामा उतनी ही अंतर्मुखी होती गई. उसके सनकीपन के बीज तभी पड़े होंगे. फिर उनके पलने-बढ़ने के तो अनेक कारण बनते गये थे.

मेरी शादी की बातें भी चलने लगी थीं. मैं पढ़-लिखकर सर्विस में आ चुका था. दादी को जल्दी-से-जल्दी पूत-बहू को घर लाने और परपोते का मुंह देखने की बहुत चाह थी. फिर मैं घर का सबसे बड़ा बेटा था और फिर एक दिन मधु मेरे घर बहू बनकर

आ गई थी. मेरी शादी के बाद कुछ दिन तो श्यामा हमारे घर बिलकुल ही नहीं आई. शायद उसे चोट लगी थी कि उससे छोटी उम्र के लडकों की भी शादी होने लगी थी और वह बैठी है. कुछ दिनों बाद अम्मा के आग्रहपूर्वक बुलाने पर वह फिर आने लगी थी. मधु से भी उसका मन मिल गया था. अपनी कल्पना के संसार की झलक कभी-कभी वह मधु को दिखा देती थी. मेरी शादी के बाद उसकी शादी की इच्छा और भी बलवती हो गई थी, किन्तु शादी थी कि हो ही नहीं रही थी. आखिर शर्मा जी भी कब तक लता की शादी टालते. लता की शादी के बाद श्यामा और गुमसुम हो गई थी.

थोड़े दिनों बाद हम भी मोहल्ला छोड़ आये थे. बाबूजी ने एक नई कॉलोनी में मकान बनवा लिया था और हम मोहल्ले से दूर बस गये थे. कहीं छठे-छमाहे ही जाना हो पाता था, इसलिए मोहल्ले की खोज-खबर कभी-कभी ही मिल पाती थी. श्यामा भी अब काफी दिनों के बाद ही अम्मा से मिलने आ पाती थी. माँ ने उसकी परेशानी भाँपकर पूछा था, 'क्या बात है? उदास हो. कितने दिनों बाद आई हो, पता है कुछ?'

जवाब में उसकी आँखें भर आई थीं, 'चाची, मामा ने मेरी शादी के लिए एक लड़के के बारे में लिखा है. तैयार हैं वे लोग.'

माँ खुश होते हुए बोली थीं, 'फिर क्या हुआ? यह तो अच्छी खबर है. एक न एक दिन हर लड़की को ससुराल तो जाना ही होता है.'

परन्तु वह एकदम भड़क उठी थी.

'मुझे शादी नहीं करनी है, चाची. आप विनय से कहकर मेरी कहीं नौकरी लगवा दें. मैं ऐसे लड़के से शादी नहीं करूँगी, जो लंगड़ाता हो. उसकी एक आँख भी पत्थर की है.'

माँ कुछ बोल नहीं सकी थीं. श्यामा की अपनी कल्पना की दुनिया थी, जिसमें वह कई बरसों से जी रही थी. वह अपने जीवन के कड़वे यथार्थ को स्वीकारने को तैयार नहीं थी.

श्यामा ने वह शादी नहीं की. कहीं नौकरी करने लगी थी और अपने अंतर्मन में बुने स्वप्न जाल में उलझती जा रही थी. शर्मा जी भी हार चुके थे. उनका बुढ़ापा बढ़ रहा था. साथ में किसिम-किसिम की बीमारियाँ भी. कभी कहीं आशा बँधती तो लड़का देख आते, पर वह सिलसिला भी धीरे-धीरे ख़त्म हो गया और वे एक दिन श्यामा को अकेली छोड़ कर चल बसे. उसकी माँ का देहांत कुछ महीने पहले एक दिन चटापट हो गया था. लता अपने सुखी परिवार में मस्त थी. रह गये थे अकेली श्यामा और उसके दिवास्वप्न. उन्हीं को सुनाने के लिए वह कभी-कभी मधु के पास आ जाती.

उसकी बातें लगभग एक जैसी होतीं, केवल पात्र बदले होते.

'वह डॉ. मोहन हैं न यूनिवर्सिटी के! सच, मधु, वह मुझ पर बुरी तरह फ़िदा हैं. कहते हैं, मैं तो अपनी पत्नी से तंग आ गया हूँ. कितना कर्कश बोलती है. आपकी आवाज़ में तो जैसे शहद घुला हो. यदि आपको बंबई में चांस मिला होता तो लता मंगेशकर की छुट्टी कर देतीं आप.'

पता नहीं कितने दिन इस भुलावे में भटकती रहती वह. इसी तरह कभी डॉ. मोहन की ज़गह उसके ऑफिस का मैनेजर ले लेता तो कभी उसके संगीत विद्यालय का प्रिंसिपल. उसके दिवास्वप्न में कभी कोई छोटा आदमी तो आता ही नहीं था.

रास्ते चलते कभी किसी उस आदमी को देख लेती जिससे कभी उसकी शादी की बात चली थी, तो आकर मधु को बताती पूरे नाम-पते के साथ कि 'वह आज दिखा था, बिलकुल बूढ़ा लग

रहा था. समझो, मधु, मैं तो बच गई और उसकी बीवी तो बिलकुल दो कौड़ी की है.'

पता नहीं श्यामा खिज़ाब लगाते समय अपनी सफेद होती लटें शीशे में देख पाती थी कि नहीं. अपनी समझ में तो वह स्वप्न-सुन्दरी थी. वह यह मानने को कतई तैयार नहीं थी कि उसे छोड़ कर अन्यत्र शादी करने वाला सुखी है. यह भी शायद उसकी अतृप्त इच्छाओं का एक रूप था. धीरे-धीरे वह कमजोर होती जा रही थी. सुना था उसे हिस्टीरिया के दौरे भी आते हैं. अपने दिवास्वप्न में जीते-जीते वह पागल होती जा रही थी. पता नहीं कितनों ने उसकी अतृप्त इच्छाओं को जगाकर उसे एक्सप्लायट किया होगा, सोचकर मैं काँप उठता था. सुना था अब उसकी नौकरी भी नहीं रही थी और मकान के किराये से ही गुज़ारा कर रही थी. अचानक उसका आज का रूप! मेरी आँखों के सामने उसका उत्फुल्ल चेहरा घूम गया. पक्के आँगन में उसके पाँवों के निशान जल्दी ही ओझल हो गये थे. मैं सोच रहा था इसी तरह बहुत जल्दी ही उसका बुना स्वप्न भी तार-तार होकर झर जायेगा. और कब तक यह सिलसिला चलेगा. पता नहीं अब कितने दिन बाद वह फिर एक नये स्वप्न की शक्ति सँजोकर अपने को छलने का गवाह बनाने के लिए उपस्थित होगी.

श्यामा का इंतजार न रहते हुए भी उसका इंतजार रहता है. साथ ही यह जानने की इच्छा भी कि कैसी होगी वह.

कितनी कितनी मौतें

दौड़ कर आने से हरखू की साँस बहुत चढ़ गयी थी, परन्तु उसने अपनी उत्तेजना को काबू में लाने के लिए एक पल भी इंतज़ार नहीं किया और हाँफते-हाँफते ही दालान में तख्त पर बैठी पान लगा रही वकीलिन से बताने लगा, 'बहूजी-बहूजी, वो नवाब साहब केर लड़का है न, ऊका कोई छूरा घोंप के मार गवा.'

'नवाब साहब के लड़के को? क्या सच्ची बात है? तुझे किसने बताई?'

आशंका और भय से वकीलिन की आँखें फैल गयीं थीं.

'अरे बहूजी, हम तो अबहीं देख के आय रहे हन. रकाबगंज के पुल पर से तो आवत रहा तरकारी लैके. मारै वाला तो भाग भी गवा. हुवें रकाबगंज की भीड़ माँ कहूँ बिलाय गवा होई. और सरफू मियाँ हिम्मत करके इधर नीचे उतर आय; तनी देर घसीटे पान वाले की दुकान के आगे परी चरपैया पर पड़ रहै; फिर उठके घर की तरफ जाय रहे रहैं, पर मिसरा बाबू वाली गली पर दम तोड़ दिहिन.'

एक साँस में हरखू ने सब कुछ कह डाला. सब्ज़ी का झोला उसकी मुट्ठियों में अभी भी वैसे ही कसा हुआ था.

कचहरी जाने के लिए तैयार वकील साहब कमरे से बाहर निकल आये और डाँटकर हरखू से बोले, 'क्या आँय-साँय बक रहा है?'

परन्तु हरखू पर इस समय डाँट का कोई असर नहीं हुआ. बोला, 'हम सच्ची कह रहे हन, बाबूजी. हुआँ तौ तमाम भीड़ इकट्ठा हुइ गई है.'

खबर गलत हो, वकील साहब के दिल के अंदर से चीखती-सी आवाज़ आई और पास दीवार से लगी रक्खी छड़ी पर उनका हाथ जम गया. यों सत्तर-बहत्तर साल की उम्र में भी वकील साहब को छड़ी की कोई जरूरत नहीं है. दुबला-पतला मझोले क़द का शरीर अभी भी बड़ा टाँठा था. सुबह सैर के लिए जाते हुए कुत्ते वगैरह से बचाव के लिए छड़ी ले जाते हैं. वही छड़ी इस समय उन्हें अपने शरीर को सँभालने में बड़ी उपयोगी लगी. थोड़ी देर में अपने को संयत करके वकीलिन की तरफ देखकर बोले, 'अभी आता हूँ,' और कहकर कोठी से बाहर हो गये. वैसे उन्हें विश्वास नहीं हो रहा था कि इस मोहल्ले में भी किसी का क़त्ल हो सकता है और वह भी सरफराज़ जैसे शरीफ लड़के का.

अपनी गली पार करने से पहले ही खबर की सच्चाई पर विश्वास आ गया था. हर चेहरा डरा हुआ था. दस-बारह दिन पहले मोहर्रम में ताज़िए को लेकर शिया-सुन्नियों में झगड़े की शुरूआत हुई थी और उसने दंगे का रूप ले लिया था. शहर में स्थिति बड़ी तनावपूर्ण थी. कितनी ही जानें जा चुकी थीं. मज़हब के नाम पर धर्म का ही गला घोंटा जा रहा था. इंसान इंसान नहीं रह गया था, शिया-सुन्नी में बँट गया था. यों थोडा-बहुत झगड़ा तो इधर दस बरस से हर साल होता है, परन्तु किसी-किसी साल तो हद हो जाती है. झगड़ा खत्म होने में ही नहीं आ रहा. कर्फ्यू हटा नहीं कि फिर ...

लेकिन वकील साहब को अपने मोहल्ले में अभी भी इस तरह के झगड़े होने की याद नहीं, जबकि चौक-नक्खास-पाटानाला, यहाँ

तक कि राजाबाजार और मेडिकल कॉलेज की तरफ भी कर्फ़्यू और दफ़ा एक सौ चौवालीस लग जाती है, तब भी कीचड़ में कमल की तरह यह मोहल्ला खिला रहता है. उनकी याद में तो यहाँ कभी हिन्दू-मुसलमानों का भी झगड़ा नहीं हुआ, जबकि घरों की दीवारें तक एक-दूसरे से मिली हैं. होली-दीवाली, ईद-मिलाद, सभी में सभी तबके के लोग बराबर से एक-दूसरे की खुशियों में शरीक होते हैं. औरतों में छूत-पाक चलता है. हिंदूओं के घरों में मुसलमानों के लिए अलग बर्तन हैं. पर यह सब सामाजिक प्रथाएँ हैं. दिलों में कहीं कोई घृणा या मनमुटाव नहीं है. और अब तो स्थिति काफी काबू में आ गयी थी. बहुत जगहों से कर्फ़्यू हट चुका था. ऐसे में सरफराज़ को दिन-दहाड़े कोई छुरा मारकर भाग जाये और पकड़ा न जाये! लोगों का खून सफेद हो गया है क्या? नवाब साहब तो बेचारे लुट गये. यही सब सोचते हुए वकील साहब वहाँ पहुँच गये थे जहाँ सरफराज़ की लाश पड़ी थी. चारों ओर खून बिखरा हुआ था. बड़े और छोटे नवाब बेटे की लाश के पास खड़े थे, पर उसे छू नहीं सकते थे. पुलिस पहुँच चुकी थी. लाश पोस्टमार्टम के लिए जानी थी. चारों ओर पुलिस-ही-पुलिस दिखाई दे रही थी. सब किंकर्तव्यविमूढ़ खड़े थे. किसी के मुंह से कोई बोल नहीं फूट रहा था. बलदेव ने सहारा देकर छोटे नवाब को घर पहुँचाना चाहा, पर वे उसी जगह बैठ गये, जहाँ से बेटे की लाश अभी-अभी उठाई गयी थी. वकील साहब ने उनके कंधे पर हाथ रखकर उन्हें दिलासा देने का असफल प्रयत्न किया पर वे उनके पैरों में लिपटकर फूट-फूटकर रो पड़े. बड़ी मुश्किल से उन्हें घर पहुँचाया गया. भतीजे की लाश के साथ बड़े नवाब पुलिस के साथ गये थे.

वकील साहब अपनी कोठी पर लौटकर आये, तब भी वकीलिन हाथ में बीड़े लिये तख्त पर वैसे ही बैठी थीं, जैसा वे छोड़कर गये थे. वे भी वहीं तख्त पर बैठ गये. ताँगे वाले को चले जाने के लिए हरखू से पहले ही कहलवा चुके थे. हरखू ने उनके जूते उतारे. उन्होंने वकीलिन से पान लेकर मुँह में दबा लिया और चुपचाप बैठे रहे.

'नवाब साहब के घर नहीं गये आप,' वकीलिन ने पूछा.

'क्या करना है जाकर? लाश तो पुलिस ले गयी है.'

'क्यों?' घबरा कर वकीलिन ने कहा.

'ऐसा ही नियम है,' कहकर वकील साहब कमरे में चले गये और कपड़े बदलकर बिस्तर पर लेट गये.

सरफराज़ का मासूम चेहरा आँखों के सामने आ गया. यों तो मोहल्ले का लड़का था - यहीं पैदा हुआ, बड़ा हुआ, परन्तु वह दिन, जब नवाब साहब के साथ पहली बार वह उनके घर आया था, उन्हें आज बार-बार याद आने लगा. चिक के पास खड़े होकर बाहर से ही नवाब साहब ने आवाज़ दी थी - 'बाबूजी!'

'आ जाइए, नवाब साहब , तशरीफ लाइए,' उन्होंने कहा था.

अंदर आने पर नवाब करीमुद्दीन के साथ जिस लडके को वकील साहब ने देखा तो विश्वास ही नहीं हुआ कि यह वही सरफू है जो कभी-कभी अपने चचा की कनकौवे की दूकान पर बैठा दिखता था, पंजी-दस्सी वाली पतंगें बेचा करता था. अब तो जवान हो गया था. इंटरमीडियट प्रथम श्रेणी में पास किया था और अब लखनऊ यूनिवर्सिटी में दाखिला लेना चाहता था. नवाब के साथ ही उसने भी झुककर सलाम किया था और एक

कुर्सी पर बैठ गया था. उसके हर क्रियाकलाप में एक आत्मविश्वास की झलक थी.

बात नवाब साहब ने शुरू की.

'इसको दाखिला तो बाबूजी मिल ही जायेगा. फस्ट पास हुआ है.'

'हाँ, वह तो मिल ही जायेगा. आप क्या दाखिले के लिए कहने आये हैं?'

नवाब साहब को बात कहने में शायद असुविधा हो रही थी या वह जो कहने आये थे, उसके लिए उन्हें शब्द नहीं मिल रहे थे. वे चुप हो गये तो बात का सिलसिला सरफराज़ ने शुरू किया.

'चचा जान, एडमीशन की बात नहीं है. लेकिन अगर कोई स्कॉलरशिप न मिले तो पढाई चलाना बड़ा मुश्किल है. आपकी तो वाइस-चांसलर साहब से जान-पहचान है. अगर कुछ वज़ीफे आदि का बंदोबस्त हो जाये तो कुछ उधार वगैरा लेकर एडमीशन ले लूँ ... नहीं तो ...?'

'नहीं तो क्या क्लर्की करोगे इतने ज़हीन हो कर? हौसला रक्खो, कोशिश करेंगे. और फिर जब इतने अच्छे नम्बर हैं तो स्कॉलरशिप तो मिल ही जायेगा.'

और अभी कुछ देर पहले एक मुवक्किल द्वारा दिए दो सौ रुपये मेज की ड्रार से निकालकर वकील साहब ने नवाब साहब की ओर बढ़ा दिए. कुछ झिझक के साथ उन्होंने वे रुपये ले लिये और तमाम शुक्रिया अदा करते हुए चले गये.

नवाब साहब के खानदानी कहाँ के नवाब थे या थे भी कहीं के या नहीं, कोई नहीं जानता. यों मशकगंज की मुख्य सडक पर उनका बड़ा-सा मकान है. उनके बाप-दादों का बनवाया हुआ. पिछवाड़े की दीवार वकील साहब की गली से लगी है. वो बात

48

दूसरी है कि मकान में सर छिपाने की जगह अब बहुत कम रह गयी है. पीछे की करीब-करीब सभी कोठरियों की छतों में बड़े-बड़े छेद हैं. मरम्मत के अभाव में बरसों पुरानी धन्नियाँ व झाँपें बरसात की बेरहम मार से छलनी हो रही हैं. यों एक-आध कोठरियों की छतों पर टीनें रक्खी हैं. उनमें रहने का इंतज़ाम होगा ही. नवाब साहब दो भाई हैं और दोनों के पाँच-पाँच सात-सात बच्चे भी हैं. आमदनी का ज़रिया बस सड़क की ओर बनी दुकानों का किराया और बड़े नवाब शफीक की पतंग की दुकान और छोटे नवाब - मतलब सरफराज़ के अब्बा जान - की छोटी-सी दर्ज़ी की दुकान की थोड़ी-बहुत कमाई. पढ़े-लिखे दोनों ही कुछ भी नहीं हैं. वकील साहब की कोठी की ऊपरी मंजिल के छज्जे से नवाब साहब के आँगन का एक कोना साफ दिखाई देता है. वहीं उनका ऊपर छत पर आने का जीना है. सड़क की तरफ की दुकानें ही सिर्फ पक्की हैं. बाकी कच्चा आँगन, लोना लगी दीवारें, उनसे झरता चूना, ड्योढ़ी पर पड़ा टाट का पर्दा. यही है नवाब साहब की नवाबी की दास्तान. फटे दुपट्टे ओढ़े आती-जाती घर की बेटियाँ, ऊपर कई बार फैले उनके फटे-पुराने कपड़े उनके घर के हालात की कहानी कहते हैं. कभी लखनऊ में पतंगों के रोज़गार से लोग रईस हो जाया करते होंगे, पर अब तो पतंगबाज़ी के शौक को निहायत हिकारत की नज़र से देखा जाने लगा है. पाँच साल की उम्र से लेकर पच्चीस साल तक स्कूल-कॉलेजों की जानलेवा पढ़ाई से अब किसे फुर्सत है कि वह पतंगबाज़ी जैसे नवाबी शौक में वक्त ज़ाया करे. शौकिया पतंग उड़ाने वाले कम ही बचे हैं. अब तो तीज-त्यौहार पर कभी-कभार ही छतों पर पतंगों की रौनक दिखाई देती है. दर्ज़ी की दुकान से भी इतनी आमदनी मुश्किल से कि घर का

गुज़ारा हो सके. नए ढंग के कपड़े सीने छोटे नवाब को आते नहीं और नए ढंग की कई टेलरिंग शॉप्स मोहल्ले में ही खुल गई हैं. अचकन व बंडी नवाब साहब अच्छी सिल लेते हैं, पर इनको अब पहनता कौन है. पहले घर पर सिले कपड़ों पर बखिया चला देने से कुछ आमदनी हो जाया करती थी, पर अब घर-घर ऊषा सिलाई मशीन आ गयी है. छोटी-मोटी सिलाई घरों की औरतें खुद ही कर लेती हैं और बढ़िया स्मार्ट सिलाई के लिए अमीनाबाद और हजरतगंज के लंडन-पेरिस टेलर्स हैं ही. नवाब साहब की आमदनी गरीबों के ब्लाउज-पायजामों और फिराक-जाँघियों से ही जो कुछ हो जाती है, उससे सात-आठ प्राणियों का पेट मुश्किल से भर पाता है, फिर छतों की मरम्मत कौन कराये. ऐसे में सरफराज़ ही उस घुप अँधेरे में टिमटिमाता दिया था. एम.एस सी. में फर्स्ट क्लास आ जाने पर प्रो. दयाल ने उसे लेक्चररशिप के लिए अश्योर कर रक्खा था.

शफ़ीक मियाँ और करीमुद्दीन के लिए बड़े व छोटे नवाब साहब संबोधन उनकी नवाबी का प्रतीक नहीं है, बल्कि उनके मुसलमान होने का पर्याय है; क्योंकि इस गली में चारों तरफ हिन्दुओं के मकानों के बीच में अकेला ही उनका मुसलमानों का मकान है, इसलिए बच्चों से लेकर बड़े-बूढ़ों और औरतों-मर्दों सभी को उनको नवाब साहब कहने में ही सुविधा रहती है. फिर बिना कोई रिश्ता जोड़े उनकी इज्ज़त-आफजाई भी हो जाती है.

चौधरी धनराज एडवोकेट, यानी वकील साहब, को इस मोहल्ले में रहते साठ साल तो हो ही गये होंगे. उनके पिता ने एक पुराना मकान खरीद कर रहना शुरू किया था. फिर धीरे-धीरे आसपास के मकान खरीद कर अपनी बहुत बड़ी कोठी बनवाई थी. कच्चे मकानों को गिरवा कर बड़ा-सा मैदान बाग-बगीचे के

लिए छोड़ दिया था. तमाम पतली-पतली बदबूदार गलियों के दोनों ओर बने बोशीदा मकानों के बीच में वकील साहब की कोठी की शान देखते ही बनती है.

शहर की रंगत उनके देखते-देखते कितनी बदल गयी थी. हर साल बरसात में सिटी स्टेशन तक भागते चले आते गोमती के पानी को नदी के किनारे ऊँचे करके पी. डब्ल्यू. डी. के इंजीनियरों ने कैद कर दिया. अमीनाबाद से लेकर हज़रतगंज चौराहे पर बनी इमारतों को एक रंग देकर कॉर्पोरेशन लखनऊ शहर की खूबसूरती में चार चाँद लगा दिए. बगीचों का शहर फूलों और फव्वारों से एक बार फिर गुलज़ार हो उठा. खाली शहर ने ही क्यों वकील साहब ने खुद भी तो इस मोहल्ले में रहते हुए कितनी मंज़िलें पार की हैं. बाप से विरासत में मिले वकालत के पेशे में उन्होंने पैसा और शोहरत, दोनों ही खूब कमाया. राजनीति के दाँव-पेंच भी देखे, पर बड़ी सच्चाई, साफगोई और शराफ़त से उसमें रहे और जब लगा कि ऐसे रहना मुमकिन नहीं है तो उससे अलग भी हो गये. गुलाम भारत में म्यूनिसपैलिटी के चेयरमैन रहे. अपने ही मोहल्ले से एम. एल.ए. का एलेक्शन जीते. कॉर्परिशन बनने पर उसके पहले मेयर भी बने. पर कभी कोई ऐसा काम नहीं किया कि इज्जत को बट्टा लगे. अब राजनीति से सन्यास ले लिया है. लेकिन काम से रिटायर नहीं हुए. अब भी ताँगे पर रोज़ कचहरी जाते हैं. डेढ़-दो हज़ार की प्रैक्टिस राय-मशविरे व पुराने मुवक्किलों से हो जाती है. वैसे अब उन्हें पैसों की ज़रूरत नहीं. तीन लड़के - सभी अच्छी-अच्छी नौकरियों में लग गये. दोनों बेटियाँ अच्छी जगह ब्याह दीं. पर खाली बैठे क्या करें? इस पुश्तैनी कोठी के अलावा कचहरी रोड पर भी एक कोठी खरीदी

थी, जब वकालत पूरे जोर पर थी और बेटे-बेटियों का दम गली में घुटने लगा था. कुछ समय उसमें रहे भी, लेकिन दिल नहीं माना. पुश्तैनी मकान आवाज़ें देने लगा. तब लड़कों ने यहाँ न लौटने के लिए कितना जोर लगाया था, गली में मोटर न आ सकने की दलीलें दी थीं, पर उनकी एक न चली और वकील साहब अपनी पुरानी कोठी में लौट ही आये. कोठी में वैसे कोई तकलीफ़ भी नहीं थी. लोहे के बड़े से फाटक से अंदर घुसते ही नौकरों के रहने के लिए कुछ कोठरियाँ बनी थीं, फिर बड़ा सा कच्चा मैदान, जिसमें नीम और पीपल के पेड़ों के अलावा कुछ फूल-पौधे भी थे. नीम और पीपल तो लड़कों ने कटवाने भी चाहे, पर वकील साहब ने यह कहकर कि नीम तंदरुस्ती के लिए जरूरी है और जहाँ तक पीपल का सवाल है, उसका तो बड़ा महात्म्य है, हर साल छंगामल ठाकुरद्वारे वालों के घर से औरतें उसे पूजने आती हैं - उसे कैसे कटवा दें? मैदान में वॉलीबाल का कोर्ट बना रक्खा था. जब लड़के अपने बचपन व जवानी के दिनों में थे, तो सारे मोहल्ले के लड़कों को इकट्ठा कर खेला करते थे. मैदान के बाद एक सीढ़ी चढ़कर कोठी की शुरुआत होती है. पिछली गली में पिछवाड़े का दरवाज़ा खुलता है.

एक-एक करके सब लड़के-लडकियाँ नौकरी और ब्याह के बाद बाहर चले गये. अब तो वह, उनकी पत्नी, पीपल का पेड़, रम्मो महराजिन, पुराना नौकर बैजुआ और उसका बेटा हरखू, जो अब उनका काम करता है, इतना ही परिवार है. लड़के बराबर ही अपने साथ ले चलने की ज़िद करते हैं, पर वकील साहब टाल जाते हैं. सोचते हैं बैजुआ और रम्मो की रोटी उनके सहारे चल रही है, वे कहाँ जायेंगे. अब के लड़के-बहुएँ तो नौकर भी स्मार्ट

चाहते हैं. पर यह सब तो एक बहाना है. इस मोहल्ले से उनका जो लगाव है, वही उनको नहीं जाने देता. दिल्ली, मुंबई या जयपुर लड़कों के पास कोर्ट बंद होने पर रह आते हैं. पर कहीं भी उन्हें वह अपनापन नहीं मिला, जो यहाँ है. जब तक हाथ-पैर चलेंगे, यहीं रहेंगे

दिल्ली-मुंबई के अजनबीपन के साथ एक दम से उन्हें सुखदेव परशाद अखाड़ेवाले याद आ गये. उनका लड़का बलदेव वकील साहब के पास असिस्टेंट के रूप में काम करता है. उनके बाद उनकी सारी प्रैक्टिस उसी को मिलेगी. वकील साहब ने बहुत चाहा था कि उनके दोनों में से कोई एक लड़का वकील बने और उनकी पारिवारिक परंपरा को आगे बढ़ाये, पर उनकी यह इच्छा पूरी नहीं हो पाई. खैर अब उनको इस बात का कोई मलाल नहीं था. मोहल्ले में सभी उनके अपने ही तो हैं. बलदेव भी तो अपने बेटे जैसा ही है. सभी लोग उनका ख्याल भी कितना करते हैं. उन्हें अकेलापन न लगे, इसलिए खाना खाने के बाद रोज़ सुखदेव परशाद उनकी बैठक में आ बैठते हैं. एक-दो बाज़ी शतरंज की हो जाती है. यह उनका रोज़ का नियम है.

यों इस मोहल्ले में सभी बुजुर्गों के कुछ नियम हैं, जिससे मोहल्ला गुलज़ार रहता है. सुबह छीपीखाने की मस्जिद की अज़ान के साथ ही झगड़ेश्वर महादेव के मंदिर के घंटे बजने लगते हैं. सैर को जाने के लिए लोग बाहर निकल पड़ते हैं. हर बार गली से बाहर निकलते और गली में आते हिलती ईंटों पर एक-एक पैर जमाकर चलने में, टूटी नालियों के कीचड़ से अपने को बचाने में जो तकलीफ उठानी पड़ती है, उससे वकील साहब कई बार अपने को ही कोसने लगते हैं.

53

वाह रे धनराज एडवोकेट, अपनी मेयरी के दिनों में अपने मोहल्ले का नहीं तो कम-से-कम अपनी गली का तो कायाकल्प कराया होता. लेकिन तभी उनके चेहरे पर संतोष झलक आता है. उन्होंने अपने पद का अपने लिए कभी फायदा नहीं उठाया. और फिर इस तेजी से होते बदलाव के समय में और कुछ न सही उनका मोहल्ला तो जैसा था वैसा ही है. और इसी पुरानेपन के मोह और आत्मीयता के कारण वे लड़कों के पास रहने को तैयार नहीं होते.

सामने छत की मुंडेरी पर पड़ी आड़ी धूप की लकीर ने शाम होने का आभास देना आरंभ कर दिया था, लेकिन वकील साहब इससे बेखबर लेटे हुए थे कि नवाब साहब के घर से रोने-चीखने-चिल्लाने की आवाजें आने लगीं. वे हड़बड़ा कर उठे और पिछवाड़े का दरवाज़ा खोल कर गली में निकल आये, यह सोचते हुए कि सरफराज़ की लाश अस्पताल से आ गयी होगी.

तभी एक पुलिसमैन ने उन्हें बढ़कर रोक लिया.

'साहब, इस समय आप जा नहीं सकते. कर्फ्यू लग गया है.'

उन्होंने नज़र उठाकर देखा, सब तरफ सन्नाटा था. सिवाय पुलिसमैनों के जूतों की आहट और नवाब साहब के घर से उठती चीखों के कहीं और कोई आवाज़ नहीं थी. उन चीखों से ऐसा लग रहा था कि लोना-लगी नवाब के घर की दीवारें भरभरा कर गिर पड़ेंगी और उनके नीचे सरफराज़ के साथ ही सारे कुनबे की कब्र बन जायेगी.

वकील साहब लौटकर फिर बिस्तर पर बैठ गये थे. कल रात की याद आ गयी. सुखदेव परशाद के साथ शतरंज खेलने अभी बैठे

ही थे कि वज़ीरगंज से अब्बास मिर्ज़ा तशरीफ ले आये. बलदेव भी बैठा हुआ था. शहर में फैले इस शिया-सुन्नी दंगे से सब का मन खिन्न था. क्या हिन्दू क्या मुसलमान, हर घर में भय एवं तनाव का वातावरण था. मुसलमानों के कितने ही घरों में कोहराम मचा हुआ था. किसी का सुहाग उजड़ गया था तो किसी की गोद सूनी हो गयी थी. बच्चे अनाथ हो गये थे. इतना सब होने के बाद जाकर कहीं शहर में शांति हुई थी; कर्फ्यू हट गया था; लोगों ने राहत की साँस ली थी; एक दूसरे से मिलना-जुलना शुरू हुआ था.

अब्बास साहब इतने दिनों बाद आये थे. वकील साहब ने उनका बड़ी गर्मजोशी से स्वागत किया और उनकी तरफ के हालचाल पूछने लगे. उधर मुसलमान ज्यादा हैं.

'मुर्दा शहर के क्या हालचाल पूछने, साहब? सरकार कुछ कर पाती नहीं,' बड़ी मायूसी से उन्होंने जवाब दिया.

'देखिये, इसमें सरकार का दोष कम आप लोगों का ज्यादा है,' कुछ ज्यादा ही उत्तेजित होकर बलदेव ने कहा - 'मज़हब के नाम पर आखिर लड़ने की क्या जरूरत है?'

बात के तीखेपन को सुखदेव परशाद ने महसूस किया और आगे कुछ और बलदेव कहे, उससे पहले ही वे बीच में बोल पड़े.

'नहीं, अगर ताज़िया उठने से मामले के भड़कने का अंदेशा था तो सरकार को उसे नहीं उठाने देना चाहिए था.'

परन्तु बलदेव इस मानने को तैयार नहीं था. वह बोला, 'सरकार को क्या पता था कि ऐसा कुछ होगा. यह तो मुसलमानों के सोचने की बात है. सरकार धर्म के मामले में दखल दे, तब भी कहेंगे मज़हब के मामलों में सरकार क्यों अड़ंगा लगाती है.'

55

और उत्तेजना में बलदेव यहाँ तक कह गया था कि 'मुसलमानों की तो चौदहवीं सद्दी आई हुई है. चार-चार शादियाँ करेंगे, बीस-बीस बच्चे पैदा करेंगे. आखिर मरेंगे कैसे? आपस में लड़कर ही सही, बाबू?'

बात बहुत तीखी थी. वकील साहब ने कुछ कहना चाहा. मिर्ज़ा का चेहरा उतर गया था, पर उन्होंने वकील साहब को बोलने नहीं दिया और खुद बोले, 'बात ठीक कहते हैं बरखुरदार. जवान खून लाग-लपेट नहीं रखता, वकील साहब. यह सोचने की बात तो हमारी ही है. आखिर शिया-सुन्नी दोनों क्यों नहीं सोचते कि जिस दीवार से वे माथा फोड़ रहे हैं, वह भी अपनी ही है और माथा भी अपना. नुकसान किसी का भी हो, है तो अपना ही.'

मन सब के इतने भारी हो गये थे कि आगे बैठक के जमे रहने का सवाल ही नहीं था. पनडब्बे से वकील साहब ने एक-एक पान तीनों को दिया और सभी रुखसत हुए. जाते-जाते बलदेव ने मिर्ज़ा साहब से मुआफी माँगी.

'नहीं, बरखुरदार, मुझे कुछ बुरा नहीं लगा. मैं तो खुद यही सोचता हूँ. आप नाहक शर्मसार हो रहे हैं.'

मिर्ज़ा ने कहा और फिर तुरंत निकल गये.

आज फिर कर्फ्यू. नए सिरे से फिर झगड़े की शुरुआत. नवाब साहब के घर से रोने-चीखने की आवाजें आनी बंद हो गयी थीं. खोखले शरीरों और बुझे मनों की ताकत जवाब दे गयी थी. जवान बेटियों की दबी-दबी सिसकियाँ पुलिस के बूटों की खटखट के साथ रात के सन्नाटे को चीरती हुई कभी-कभी सुनाई दे जाती थीं.

जैसे-तैसे करके रात कटी. सुबह दो घंटे के लिए कर्फ्यू हटा. जल्दी-जल्दी मिट्टी उठाने की तैयारी होने लगी. फिर कर्फ्यू में मैय्यत उठाना मुमकिन नहीं होगा. छोटे नवाब निढाल मुर्दा जैसे बैठे थे. सड़क पर सारा मोहल्ला इकट्ठा हो गया था. हर मौत के बाद उभरने वाली बातें हवा में उछल रही थीं.

'अल्लाह, ऐसी मौत किसी को न दे! भगवान, दुश्मन को भी यह दुःख न दिखाये! जैसी लिख कर लाता है, वही मिलता है, किसी का कोई बस नहीं. पता नहीं किसने दुश्मनी निकाली है?'

भीड़ में से कोई इस आखिरी बात को काट भी देता है.

'भला सरफू जैसे नेकदिल लडके से किसी की क्या दुश्मनी हो सकती है? कभी नज़र उठाकर किसी की तरफ देखता तक नहीं था. सब मजहब के दीवानों का काम है.'

तमाम मुंह, तमाम बातें. लाश को कब्रिस्तान पहुँचाने की जल्दी. नौ बजे फिर कर्फ्यू लग जाना था. लाश दफना दी गयी और एक बार फिर सब तरफ सन्नाटा छा गया. पक्षी तक अपने पंख फड़फड़ाना जैसे भूल गये थे. एक मुर्दनी जैसी पूरे मोहल्ले पर छा गयी थी.

नवाब साहब के घर किसी-न-किसी घर से रोज़ खाना भेजने का सिलसिला कुछ दिनों चला, फिर सब कुछ धीरे-धीरे सामान्य होने लगा. पेट की, अंतड़ियों की कड़कड़ाहट की जंग ने बड़े नवाब को भी दुकान खोलने को मज़बूर कर दिया. चूल्हे से उठता धुआँ ज़िंदगी भर सुलगते रहने का संदेश देने लगा. जिन्दगी के आगे मौत हार गयी थी. छोटे नवाब की दुकान भी उनका छोटा बेटा खोलकर रोज़ झाड़-पोंछ देता. मोहल्ले के लड़के फिर पान की दुकान पर इकट्ठे होने लगे थे.

लेकिन अभी सब कुछ कहाँ ढर्रे पर आया था. छोटे नवाब तो बिलकुल ही टूट-बिखर गये थे. वकील साहब का दिल पहली बार मोहल्ले से उचाट हो गया था. वह रोज़ वकीलिन से कहते - 'अरे, राघव की माँ, अटैची में चार कपड़े डाल दो. सोचता हूँ दिल्ली हो आऊँ.'

वकीलिन रोज़ कपड़े डालतीं और निकाल देतीं. वकील साहब की शतरंज की महफिल उखड़ चुकी थी. बैठक में अब कोई नहीं जमता था. वकील साहब रोज़ शाम से कोठे वाले कमरे की खिड़की के सामने बैठ जाते और नवाब साहब के मकान की ओर देखते रहते इस आशा से कि कब छोटे नवाब अपनी पुरानी जिन्दगी में वापस लौटते हैं. लेकिन रोज़ उन्हें निराशा ही हाथ लगती. सीढ़ियों पर नवाब नहीं, उनकी छोटी बेटी डालडे के डिब्बे में तार लगाकर बनाये डोल में पानी लिये और दूसरे हाथ में दाने का डिब्बा सँभाले ऊपर आती. कबूतरों की ढाबली का दरवाज़ा खोलकर दाना और पानी डालकर चली जाती. कई-कई दिनों से उदास पंख सिकोड़े कबूतर गर्दन झुकाये दाना चुगने लगते.

इस मोहल्ले के तमाम नियमों के साथ नवाब साहब का शाम की नमाज़ दुकान में पूरी करने के बाद ड्योढ़ी का पर्दा हटा कर अंदर आना, आँगन में बनी हौदी से पानी का डोल भरना और दाने का डिब्बा लेकर ऊपर कबूतरों को ढाबली से बाहर निकाल कर उड़ाना भी एक रोज़ का नियम था. पन्द्रह-बीस कबूतर होंगे. एक-एक कबूतर को नवाब साहब उनको दिए नामों से बुलाते, दाना खिलाने के बाद एक चीथड़े लपेटे डंडे से उन्हें उड़ाते थे. उनको उड़ाते हुए *आव-आव* की आवाज़ नवाब साहब के गले से कुछ इस तरह निकलती कि छुट्टियाँ बिताने आये वकील साहब

के पोते-पोतियाँ कहते, 'बाबा, क्या नवाब साहब को उलटी आ रही है? ऐसे तो उन्हें रोज़ उलटी हो जाती होगी.'

और यह कहकर वे खूब हँसते. वकील साहब भी मुस्कराने लगते.

लेकिन अब पन्द्रह दिन होने को आये. फिर भी छोटे नवाब छत पर आते नहीं दिखाई दिये थे किसी भी दिन.

आज भी रोज़ की तरह खिड़की के पास बैठे नवाब साहब के घर की खाली छत को वे सूनी आँखों निहार रहे थे. तभी उन्होंने देखा कि छोटे नवाब दीवार का सहारा लेते धीरे-धीरे सीढ़ियाँ चढ़ रहे हैं. पीछे-पीछे उनकी बेटी है. वकील साहब के चेहरे पर जैसे रंगत आ गयी. आशा की किरण झिलमिलाई. मोहल्ले में बने रहने के लिए मोह फिर से जिंदा हो गया. उन्हें लगा कि अब सब कुछ ठीक-ठाक हो जायेगा. लेकिन बेटी के हाथ में दाना-पानी कुछ भी न देखकर उन्हें कुछ अजीब-सा लगा. वह कुछ सोचें-समझें, इससे पहले ही नवाब साहब ढाबली का दरवाज़ा खोलकर बैठ गये और एक-एक कबूतर को निकालकर उड़ाना शुरू कर दिया. कबूतरों ने ख़ुशी से पंख फड़फड़ाये, पर जिस आवाज़ से बँधकर वे उड़ते थे, वह शांत थी. कबूतर उड़-उड़कर फिर जाली पर बैठ जाते, पर कितनी देर? थोड़ी दूर पर झुनकू दूधवाले की आवाज़ के आकर्षण में दाना पाने के लालच में सब ने एक-साथ पंख फड़फड़ाये और उड़कर उसके कबूतरों में जा मिले. नवाब भी दीवार का सहारा लेते हुए नीचे उतर गये.

वकील साहब ने खटाक से खिड़की बंद कर दी जैसे हमेशा के लिए और उठकर नीचे चले गये. हरखू को जोर से आवाज़ दी - 'जा, बलदेव भैया को बुला ला.'

और फिर वकीलिन से बोले, 'अरे हाँ वकीलिन, तुम भी अपने कपड़े रख लो. कल सुबह की गाड़ी से दिल्ली चलेंगे.'

आँगन में रखी आराम कुर्सी पर आँखें मूँदे पड़े-पड़े वे सोचने लगे कि सरफराज़ की मौत के साथ कितनी-कितनी मौतें हो गयी हैं. इंसानियत की मौत, भलमनसाहत की मौत, आदमी की अच्छाई में यकीन की मौत. और अब यहाँ रहकर और मौतें देखने की उनकी हिम्मत नहीं रह गयी थी. कैसे देख पायेंगे एक बाप के अरमानों, एक माँ की ममता और एक-एक कर बहनों के सपनों की तिल-तिल होती मौत को.

अभी तक सोचते थे कि उनके इस मोहल्ले में सब कुछ स्थायी है पत्थर पर तराशी लकीर की तरह, पर अब तो सारा भरम टूट गया. इस समय तो सामने रेत-ही-रेत बिखरी है, जिस पर कोई निशान बाकी नहीं बचा है.

खुश रहो बच्चे

बाहर गहरा घना अँधेरा था. कुछ साफ़ दिख नहीं रहा था, पर गाड़ी की गति धीमी पड़ रही थी. लगता था कोई स्टेशन आने वाला है. प्लेटफार्म पर पहुँचते-पहुँचते गाड़ी की गति इतनी धीमी हो गई थी कि उसके रुकने का अहसास तक नहीं हुआ. प्लेटफार्म पर दीये की तरह टिमटिमाते बल्ब की रौशनी में पेड़ों की लम्बी-लम्बी छायाएँ ही दिख रही थीं. कोई बहुत छोटा स्टेशन था. एक-दो चाय वालों की 'गरम चाय-चाय गरम' की आवाजों के सिवा स्टेशन में ऐसा कुछ नहीं था कि उसका नाम जानने की जिज्ञासा हो. मैं यों ही डिब्बे के बाहर नज़रें गड़ाये इक्का-दुक्का यात्रियों का चढ़ना-उतरना देख रहा था.

आँखें उस मद्धिम रोशनी की अभ्यस्त हुई ही थीं कि गाड़ी ने एक हलके कंपन के साथ रेंगना शुरू कर दिया. तभी मुझे एक बहुत गहरे कुएँ से आती आवाज़ जैसी सुनाई दी, 'खुश रहो बच्चे'. और साथ ही एक प्रेत जैसी छाया मेरे पास वाली खिड़की तक आई और मुझे चौंका गई.

खिड़की के इतने नजदीक किसी के चेहरे को पाकर मैं घबरा गया था. जब तक मैं इस आकस्मिक नजदीकी के अहसास से सम्भलूं-सम्भलूं, अपनी घबराहट पर काबू पाकर सोच पाऊँ कि वह आकृति किसकी है, गाड़ी ने रफ्तार पकड़ ली. मैंने सोचा कि हो सकता है कोई भिखारी हो जो भीख माँगने के लिए आशीष दे रहा हो. पर उस आवाज़ में कुछ ऐसा था कि मैं पेड़ों

की छायाओं के बीच उसकी छाया को विलीन होते देखने के बाद भी उधर ही नज़र गड़ाये देखता रहा.

'खुश रहो बच्चे' की वह ध्वनि मेरी चेतना में जैसे समा गई थी. वे शब्द मेरे मन से ओझल क्यों नहीं हो पा रहे हैं, मैं सोचने लगा. लगता था जैसे उन शब्दों का, उस आवाज़ का मुझसे कोई खास रिश्ता है. उस आवाज़ में कोई विशेष प्रयोजन छिपा है जो सिर्फ मेरे लिए है.

हाँ, प्रयोजन तो है. एक भिखारी का भीख माँगने का प्रयोजन और क्योंकि मैं उसे कुछ दे नहीं सका था, इसलिए वह आवाज़ मेरा पीछा कर रही थी. उसकी गूँज से मेरा छुटकारा नहीं हो पा रहा है. पर क्या इतना ही? अचानक मुझे लगा कि ये शब्द इसी आवाज़ में मैंने बहुत-बहुत बार सुने हैं. जितना ही मैं उस छायाकृति से अपना मन हटाना चाहता, उतना ही लगता कि वह गाड़ी की रफ्तार के साथ ही गुजरते गाँव-खेतों-मैदानों के साथ-साथ मेरा पीछा कर रही है. मेरे रोयें-रोयें से वह आवाज़ चिपक गई-सी लगती थी या शायद वह मेरे रोयें-रोयें से निकल रही थी.

और तभी अचानक कहीं भीतर से चीत्कार उठा. 'अरे, यह आवाज़ तो बाबूजी की थी!'

ट्रेन के चलने के साथ मेरी नजरों से ओझल होती वह नंगी चौड़ी पीठ, जिसका मेरी दृष्टि पीछा करती रही थी, बाबूजी की ही थी. हाँ, इसी पीठ पर तो मैंने धुर बचपन में घोड़े की सवारी की थी. वह आँखों की चितवन, जिससे क्षण भर के लिए मेरी नज़रें टकराईं थीं, सच बाबूजी की ही तो थीं.

पर मस्तिष्क इसको मान नहीं पा रहा था. यह चेहरा बाबूजी का नहीं हो सकता. वे चिपके धँसे गाल, वे भौंहों के नीचे गड्ढों में

धँसी आँखें, वह सँवलाया रंग - नहीं-नहीं बाबूजी कैसे हो सकते हैं. आवाज़ तो बहुतों की मिलती-जुलती हो सकती है, 'बच्चा' तो कोई भी कह सकता है. फिर उस एक क्षण में मैं ठीक से देख भी कहाँ पाया था. यह सब मेरा भ्रम है. पन्द्रह वर्षों का अंतराल, बाबूजी को घर से गये, घर के इतने नजदीक बाबूजी और हमें पता भी नहीं चला, यह कैसे संभव हो सकता है?

लखनऊ से कितनी पास है यह जगह. बाबू को उनके घर से भाग जाने के बाद से उन्हें कहाँ-कहाँ नहीं ढूँढ़ा गया था? बाबू को मिलना होता तो तभी न मिल जाते. कहीं मर-खप गये होंगे, वरना अब तक वापस न आ जाते.

अपने पर चलाये गये मुकदमे के खारिज हो जाने की खबर तो अख़बार में पढ़ी ही होगी. सब आरोप झूठे निकले थे. असली आरोपी पकड़ भी लिया गया था और बाबूजी को वापस नौकरी पर बहाल भी कर दिया गया था. अख़बारों में बड़े-बड़े इश्तहार भी उनकी फोटो के साथ छपवाए गये थे कि वे वापस घर लौट आयें. उनकी खबर देने वाले को इनाम देने की बात भी छपवाई गई थी. इतने नजदीक होते तो क्या बाबू को कोई पहचान न पाता या वे स्वयं ही वापस न आ जाते. इस अचानक हुई घटना पर यकीन न करते हुए भी मैंने पूछताछ कर उस छोटे से स्टेशन का नाम पता कर लिया था. जब लखनऊ स्टेशन पर उतरा तो मन में एक संकल्प था कि जल्दी ही उस गाँव अटरिया जाऊँगा.

पर क्या मैं ऐसा कर पाया था? घर पहुँचकर घर-द्वार, नौकरी-चाकरी के चक्कर में डूब गया. वैसे उनके खोने के बाद एक ज्योतिषी द्वारा यह बताया गया था कि वे जीवित हैं और कभी-न-कभी मिलेंगे ज़रूर. किन्तु उस बात को वर्षों बीत चुके

थे और हमारे लिए ज्योतिषी द्वारा दिया वह विश्वास महज़ एक झूठा दिलासा बनकर रह गया था. किन्तु माँ के मन में ज्योतिषी की बात बैठी रही थी. वे अपने सुहाग को जिलाए हुए थीं. हर करवा-चौथ पर निर्जला व्रत रखतीं. माँग में सिंदूर भरतीं, पाँवों में आलता और माथे पर सुहाग-टिकुली लगाकर चाँद को अरघातीं और अपने साथ ही मुझसे भी प्रार्थना करवातीं पिता की दीर्घ आयु के लिए, उनकी वापसी के लिए.

बाबूजी तब बैंक में कैशियर थे. अपने ही एक साथी की धोखाधड़ी के कारण कैश में कुछ हजार रुपये के घोटाले के केस में फँस गये थे. सब कुछ इतना तुरत-फुरत हुआ था कि पुलिस केस न बने, इसका भी वक्त नहीं मिला. पुलिस ने उन्हें अरेस्ट कर लिया था, हालाँकि कुछ दिनों में ही उनकी *बेल* हो गई थी. पर बाबूजी उस सदमे से उबर नहीं पाए. लगता था उनका सारी दुनिया से भरोसा उठ गया था. उनका वह साथी उनका बचपन का दोस्त भी था. माँ की आँखों में देखते. लगता जैसे पूछ रहे हों कि तुम्हें मेरे निर्दोष होने पर विश्वास है कि नहीं. सारे मोहल्ले-समाज की बातें सुनते कि कुछ किया ज़रूर होगा, तभी फँसे. ऐसे ही कोई थोड़े ही फँसता है, आदि-आदि. कोर्ट में पेशी पर जाते हुए बाबू अंधों की तरह बिना किसी की ओर देखे चुपचाप गली पार करते जैसे कि वास्तव में अपराधी हों. लाख घरवालों के विश्वास दिलाने, समझाने पर भी बाबू ग्लानि से उबर नहीं पाए. और फिर एक दिन अचानक बाबूजी गायब हो गये थे. हमने जगह-जगह पता किया. हर हास्पिटल में खोजबीन की. कुएँ-ताल-नदी तक में गोताखोरों से खुजवाया, अख़बारों में कितने ही विज्ञापन व फोटो छपवाए, पर किसी भी कोशिश का कोई नतीज़ा नहीं निकला.

64

बाबूजी पर लगे कलंक को धोने के लिए हमने घर की ईंट-ईंट गिरवी रख दी. उनके निर्दोष साबित हो जाने के बाद उनके लौट आने की अपील हमने स्वयं और ऑफिस वालों ने भी छपवाई, नौकरी पर बहाली की सूचना भी सभी अख़बारों में दी गई, पर सब व्यर्थ गया. बाबूजी नहीं लौटे. ज़िंदा होते तो क्या लौट न आते? बेटे की बहू देखने का कितना चाव था उन्हें. माँ का कितना ख़याल रखते थे. जीवित होते तो क्या कभी कोई खोज-खबर न लेते. इन्हीं तर्क-वितर्कों के बीच बाबू को नए सिरे से ढूंढ़ने की इच्छा दबकर रह गई थी. स्टेशन पर बाबू का भ्रम देने वाले व्यक्ति को देखने की बात अम्मा को भी नहीं बताई थी. जीवनचर्या फिर अपनी रोज़मर्रा की चाल से चलने लगी थी.

वर्षों बाद दौरे से लौटते हुए फिर उसी स्टेशन पर गाड़ी की धीमी होती हुई रफ्तार के साथ बिना किसी निश्चय के, बिना किसी पूर्व योजना के मेरे पाँव डिब्बे के दरवाज़े तक पहुँच गये थे और गाड़ी के रुकते ही मैं अटैची लिए प्लेटफार्म पर खड़ा था बिना किसी उद्देश्य के. गाड़ी के सीटी देते ही मैंने उस पर चढने के लिए पाँव उठाने चाहे, पर पाँवों को तो जैसे किसी प्रेतात्मा ने जकड़ लिया था. मैं असहाय-सा आखिरी डिब्बे को प्लेटफार्म छोड़ते हुए देखता रहा और जैसे अवचेतन से संचालित मैं अनचाहे-अनजाने स्टेशन से बाहर आ गया था. पर प्रश्न यह था कि अब मैं कहाँ जाऊँ, क्या पूछूँ वहाँ के लोगों से, क्या बात करूँगा. सोच-सोचकर मन घबराने लगा था, फिर भी पाँव वापस नहीं मुड़ रहे थे. गाँव की पतली पगडंडी पर बढ़ते हुए आसपास खेलते बच्चों ने मुझे उबार लिया था. वे किसी भिखारी बाबा की बात कर रहे थे. मैंने उनसे बाबा के बारे में पूछा तो वे बड़े

उत्साह से मुझ सूट-बूट धारी को उनकी झोपड़ी तक पहुँचाने चल पड़े थे.

तभी एक कुछ जवान होते लड़के ने सूचना दी, 'आज बाबा चल बसे हैं बाबूजी.'

मन काँप गया, पर सिर ने झटककर कहा, 'अरे ये कौन से बाबूजी हैं - होगा कोई भिखारी या साधु.'

किन्तु पता नहीं क्यों दिल में धुकुर-पुकुर हो रही थी और मन में उथल-पुथल मची हुई थी. मैं सोचता था कि बाबू को ढूँढ़ने की मेरी इच्छा कब की समाप्त हो चुकी है, किन्तु अब लग रहा था जैसे कि वह इच्छा कहीं बहुत गहरे अवचेतन में दबी पड़ी थी और अब अचानक उभर आई थी. मैंने उसी लड़के से पूछा था, 'कब से रह रहे हैं ये बाबा यहाँ?'

निश्चित रूप से तो वह कुछ नहीं बता पाया था, पर उसकी बातों से लगा कि अपनी याद में उसने उन्हें यहीं रहते देखा था. अभी कुछ दिन हुए वे तीरथ करके लौटे थे. अपनी जरूरत से ज्यादा वे किसी से कुछ नहीं लेते थे. पढ़े-लिखे भी थे बाबा. लोगों की चिट्ठी-पत्री लिख देते थे. किसी का हिसाब-किताब भी देख देते थे. यह सब सुनकर मेरे मन में जो उथल-पुथल मचने लगी थी, उससे अभी मैं जूझ ही रहा था कि बाबा की कुटिया आ गयी. अभी बहुत अधिक लोग वहाँ नहीं पहुँचे थे, पर जो भी वहाँ थे, उन सभी ने मुझे शंकालु दृष्टि से देखा.

मैंने उनकी शंका मिटने के उद्देश्य से झटपट एक बहाना गढ़ लिया.

बहुत बार इस स्टेशन से गुजरता हूँ. हर बार बाबा मुझे दर्शन देते थे और आशीष भी देते थे. उनका आशीष हमेशा ही फला है. आज बाबा नहीं रहे हैं और सौभाग्य से मैं यहाँ पहुँच गया

हूँ. शायद बाबा ने ही मुझे यहाँ उनके अंतिम दर्शन करने के लिए बुला लिया है.'

गाँव के मुहाने पर ही लड़कों के मिल जाने तथा उनसे बाबा के बारे में काफी कुछ जान लेने के कारण मुझे प्रकृतिस्थ होने का समय मिल गया था, नहीं तो बड़ों की शंका का उत्तर देना मेरे लिए मुश्किल होता. अब मैं झटपट बाबा को देखकर वापस जाना चाहता था. यहाँ तक मेरा आना बेकार हो चुका था. परन्तु जैसे ही मैंने झोंपड़ी में प्रवेश किया और दक्षिण की ओर सिर किए चटाई पर लेटी काया को देखा, मैं सिहर उठा. ये तो बाबूजी ही थे. जी चाहा मैं तुरंत उनके सीने पर सिर रखकर दहाड़ें मार-मारकर जी-भर रो लूँ. पर ऐसा मैं कहते हुए भी न कर सका. कितना शांत चेहरा था वह! अपनी मौत का पूर्वाभास उन्हें हो गया होगा, तभी तो चटाई खुद ही बिछाकर निर्वाण के लिए तैयार हो गये थे. मैं बस उनके चेहरे को देखता ही रह गया. आँखों में उमड़ते आँसू, मन में उमगता चीत्कार सब कुछ दब गया था. तब तक कितने ही लोग एकत्रित हो चुके थे. उनके लिए तो मैं नितांत अजनबी एक बाहरी व्यक्ति था, जो शायद बाबा को भी पूरी तरह नहीं जानता था. मैंने अपने रुदन को गले में ही घोंट लिया था, आँखों में भर आई रेत में आँखों के पानी को सुखा लिया था और बाबा के एक भक्त के रूप में ही उनकी क्रियाकर्म करने की अपनी इच्छा गाँव वालों पर ज़ाहिर की थी. मेरी गढ़ी कहानी को गाँव वालों ने बाबा के प्रति एक भक्त के रूप में लगाव मानकर स्वीकार कर लिया था. वैसे अब तक लोग बाबा के बारे में न जाने कितनी झूठ-सच बातें याद करने लगे थे. सभी बाबा को एक बहुत पहुँचा हुआ साधु बता रहे थे. वे बाबा का क्रियाकर्म स्वयं ही करना चाह रहे थे.

67

मैं उन्हें बाबा का बेटा होने की बात तो बता नहीं सकता था और यदि बताता भी तो वे विश्वास न करते. झोंपड़ी में रखी दो छोटी टीन की बक्सियों में पता नहीं क्या हो. मेरे अपने को बाबा का बेटा बताने पर गाँव वाले कहीं मुझे कोई ठग ही न समझ बैठें. शांति-हवन का अधिकार उनका है और मैं तो उनका दाह-संस्कार कर तुरंत चला जाऊँगा, यह कहकर मैंने उन्हें आश्वस्त किया और इस प्रकार बाबू को मुखाग्नि देने के अपने कर्तव्य का पालन कर पाया. दूसरे दिन सुबह चिताग्नि के शांत होते ही जल्दी-जल्दी उनकी अस्थियाँ एकत्र कर एक रूमाल में बाँधकर मैंने अपनी अटैची में रख लीं और बिना किसी से मिले स्टेशन की ओर चल पड़ा. मन में एक संतोष का भाव था कि मैं एक पुत्र के रूप में बाबूजी के अंतिम दर्शन कर सका और उनकी अंत्येष्टि भी कर पाया.

साथ ही एक चिन्ता भी थी कि माँ को कैसे बताऊँगा? यह सब. कैसा अद्भुत संयोग था? यह कि जिनको ढूँढने के लिए हजारों रुपये खर्चकर हम इधर-उधर भटके, वही जब मुझे मिले तो पहले तो मैं उन्हें पहचान नहीं पाया और अब उनके समाप्त हो जाने पर उनकी अंतिम क्रिया करने के लिए अकस्मात पहुँच गया. पता नहीं किस अदृश्य शक्ति ने मुझे यहाँ इस मौके पर खींचकर पहुँचा दिया. ट्रेन में बैठकर मैंने आँखें मूँद लीं और इस अजीब संयोग पर विचार करने लगा.

अचानक मेरी बंद आँखों में माँ का बिना सिंदूर-टिकली का सूना चेहरा घूम गया और मैं सोच नहीं पाया कि इतने वर्षों बाद बाबूजी के मिलने और उनके देहावसान की खबर माँ को मैं कैसे दूंगा? रास्ते में गंगा में बाबूजी की अस्थियाँ प्रवाहित कर जब घर पहुँचा तो यही विचार मेरे मन को परेशान कर रहा था.

सोचते-सोचते मेरा सिर चकराने लगा था. मैं चुपचाप जाकर बिस्तर पर लेट गया. पत्नी ने मुझे इस तरह निढाल पड़े देखा तो वह घबरा गई. उसकी आँखों में प्रश्न था कि क्या हुआ? जिस दिन आने के लिए कह गये थे, उससे एक दिन ज्यादा कैसे लग गया और अब इस तरह आकर पड़ जाना? उसने कुछ पूछना चाहा, पर मेरी मनस्थिति देखकर वह समझ गई कि मैं किसी तरह की बातें करने के मूड में नहीं हूँ. वह चाय बनाने चली गई. बच्चे आसपास घिर आये. मैं हर बार टूअर से उनके लिए कुछ-न-कुछ लेकर आता हूँ. तभी माँ ने कमरे में प्रवेश किया. सुहाग के सभी चिह्न धारण किए हुए उनके चेहरे को मैं आँखें फाड़े देख रहा था.

तभी बड़ी बिटिया ने कहा, 'पापा, देखिये, आज दादी ने बहुत फैशन किया है. कितनी अच्छी लग रहीं हैं, है न?'

माँ दोनों हाथों में आज एक की ज़गह चार-चार लाल चूड़ियाँ पहने थीं, पांवों के नाखूनों पर आलता लगाया था, सफेद धोती को गुलाबी रंग में रँगकर पहना था, उनके सफेद बालों के बीच में लाल सिंदूर की लंबी रेखा दमक रही थी. मैं भूल ही गया था की आज करवा चौथ है.

तभी बिटिया फिर बोल पड़ी थी, 'दादी रोज़ ऐसे ही श्रृंगार करें तो कितनी सुंदर लगें.'

माँ के चेहरे पर हल्का हास्य बिखरा और फिर सदैव की भाँति मुरझा गया. मैं कितनी बार पहले माँ को व्रत न करने के लिए कह चुका था.

'अब इतनी उमर हो आई. सधता नहीं. छोड़ दो. बाबू कोई यह आकर थोड़े ही पूछेंगे कि मेरे लिए कितने व्रत-उपवास किए.' परन्तु आज मैं कुछ न कह सका. मन में उसी समय एक

निश्चय जागा कि माँ को बाबू की मृत्यु की खबर नहीं दूंगा. उनके मिलने की आशा, ज्योतिषी का दिलाया विश्वास ही उन्हें जिलाए हुए है. विश्वास टूटे ही कहीं माँ के जीवन का धागा भी टूट गया! नहीं, माँ का विश्वास मैं नहीं तोड़ूंगा. यह निर्णय लेते ही सारी दुविधा, सारी उथल-पुथल समाप्त हो गयी थी और मैं एकदम शांतिमन हो गया था. खूब नहाया था, बच्चों से जी-भर के बातें की थीं, चाय के साथ डटकर पराठे खाए थे, निश्चिन्त शाम तक चादर तानकर सोया था, रात करवा चौथ की पूजा के बाद चाँद को अर्घ्य देने के उपरांत हर वर्ष की तरह माँ देवी गौरी से अम्मा के साथ बाबू के दीर्घायु होने की कामना की थी, उनके वापस आने के लिए प्रार्थना की थी और मन में बाबूजी की आत्मा की शांति एवं सद्गति के लिए ईश्वर से मौन याचना भी की थी.

बाबू तो वापस आ गये थे. मेरे मन में बसकर वे इस घर में दोबारा बस गये थे आकर और माँ सदा-सुहागिन हो गईं थीं. हाँ, माँ ऐसे ही सदा-सुहागिन रहेंगी, यही सोचता हुआ उस रात मैं सो गया था.

सही रास्ता

मैं अभी रजनी के कमरे में पूरी तरह दाखिल भी नहीं हुआ था कि उसके तीव्र कटु शब्दों ने मुझे चौंका दिया. एकदम स्थिर शांत बैठी रजनी चिल्ला उठी थी

'जाओ, चले जाओ शशांक! तुम यहाँ रोज़ क्यों आ जाते हो?'

मैं भौचक खड़ा देख ही रहा था कि वह बिजली की तेजी से उठी और 'जाओ, जाते क्यों नहीं,' कहते हुए एक धक्के के साथ मुझे बाहर धकेलती चली गयी. उसके पिताजी, जो संभवतः रजनी की विक्षिप्तता भरी आवाज़ सुनकर ऊपर आ गये थे, यदि मुझे संभाल न लेते तो मैं निश्चय ही गिर पड़ता.

नीचे आकर डाइनिंग टेबल के सामने की चेयर घसीट कर मैं शांत बैठ गया था. माँ-पिताजी भी चुप थे. सब के मन में शायद एक ही प्रश्न था. आज रजनी को हुआ क्या! कुछ देर बोझिल ख़ामोशी में जकड़ा मैं बैठा रहा. फिर उठ कर अपने घर आ गया कल फिर जाने के दृढ़ निश्चय के साथ. रजनी के व्यवहार ने मेरे मन में अपमान या तिरस्कार का भाव नहीं जगाया. हाँ, उसके असामान्य व्यवहार से मैं चिंतित अवश्य था.

रजनी से मैं करीब पाँच सालों से परिचित हूँ. रजनी के शहर में मैं डॉक्टर होकर आया था. बाज़ार में घूमते हुए अचानक विष्णुकांत को देखकर बेहद ख़ुशी हुई थी. बचपन से हायर सेकेण्डरी तक हम दोनों साथ पढ़े थे. फिर हमारी लाइन अलग-

अलग हो गयी थी. वह एयर फ़ोर्स में चला गया था, मैं मेडिकल में. यों घर आने पर जब-तब मुलाकात हो जाती थी.

मैंने बढ़ कर हाथ बढ़ाया मिलाने के लिए; उसने मुझे बाँहों में जकड़ लिया. दोनों ही की आँखों में उभरे प्रश्न वहाँ होने की कैफियत माँग रहे थे. पहले मैं बोला था, 'यहाँ सिविल हास्पिटल में पोस्टिंग हुई है.'

'कॉंग्रेचुलेशंस! और मेरी यहाँ ससुराल है.' विष्णुकांत ने कहा.

'शादी कर ली और मुझे बुलाया भी नहीं,' मैंने हँसते हुए शिकायत की थी.

'चलो, आज तुम्हारी मुलाकात करा देता हूँ तुम्हारी भाभी से. उन्हीं से अच्छी तरह शिकायत करना. मैं तो नॉन-फैमिली स्टेशन पर हूँ इन दिनों. चला जाऊँगा कुछ दिनों बाद, पर वह तो यहीं रहेगी.'

और ज़बरदस्ती ही उस शाम विष्णु मुझे अपने साथ ले गया था. हम घर पहुँचे; उसने 'रजनी' पुकार कर आवाज़ दी, उस पर जो लड़की हम लोगों के सामने आकर खड़ी हुई, उसे विष्णुकांत की पत्नी स्वीकारने की इच्छा मेरी नहीं हुई. पर स्वीकार न करने का कोई सवाल नहीं था. इतने में विष्णुकांत ने परिचय दे डाला.

'इनसे मिलो, ये मेरी ...' और उसने शरारत से होंठ दबाकर उसकी ओर देखा और फिर मेरी ओर देखकर वह मेरा परिचय दे, इससे पहले ही रजनी ने मुझसे तपाक से 'नमस्ते' की और हम तीनों बिना बात मुस्करा दिये.

विष्णु जितने दिन रहा, मैं रोज़ ही जाता रहा उनके घर. बेहद चंचल और बातूनी रजनी ने ही बातों-बातों में एक दिन बताया

था कि 'विशू' ने अपने मम्मी-पापा के ज़बरदस्त विरोध के बावज़ूद उससे शादी की है. यह बताते हुए उसके चेहरे पर एक गर्व का भाव झलक आया था. उसके बाद विष्णु के न होने पर भी मैं बराबर उस घर में जाता रहा. कभी प्रोफेशन के बहाने, कभी दोस्त के हक़ के साथ, क्योंकि अब विष्णु के साथ-साथ रजनी से भी मेरी अच्छी दोस्ती हो गयी थी. विष्णु बाहर रहकर भी अपने पत्रों के माध्यम से हम दोनों के साथ बराबर उपस्थित रहता. मिलने पर मेरे और रजनी के बीच ज्यादातर बातचीत उसी के बारे में होती. धीरे-धीरे दोनों के प्यार की गहराई को मैंने महसूस किया था. पहली बार मिलने पर मुझे रजनी में ऐसा कुछ नहीं दिखा था जिसके लिए विष्णु ने अपने माँ-बाप से विरोध करके उससे शादी की थी. पर जल्दी ही मुझे पता लग गया था कि प्यार के लिए सौन्दर्य अनिवार्य शर्त नहीं होती. और यह भी अहसास मुझे हो गया था कि वे दोनों एक-दूसरे के लिए ही बने हैं.

एक बार बातों-ही-बातों में मैंने पूछ लिया था.

‘रजनी, विष्णु की ऐसी खतरे की नौकरी है, तुम्हें डर नहीं लगता?’

फिर अपने ही पूछे प्रश्न से खुद ही घबरा गया था. यह तो उसके मन को कमजोर करने वाली बात है; मुझे ऐसा नहीं पूछना चाहिए था.

‘किस डर की बात, शशांक? डर कैसा?’

हल्की मलिनता उसके चेहरे पर आई और दूसरे ही क्षण उसने कहा, ‘मौत का डर?’

और फिर प्रफुल्ल हँसी के साथ बोली थी, 'नहीं, मौत का मुझे कोई डर नहीं. हाँ, ऐसी नौकरी है; कभी भी कुछ भी हो सकता है, शशांक, पर विशू ने मुझे इतना प्यार, इतना सुख दिया है इन कुछ वर्षों में कि वह मेरे कई जन्मो के लिए काफी है.'

इस बार विष्णु को घर आये छः मास से अधिक हो गये थे. रजनी बहुत उतावली से उसके आने का इंतज़ार कर रही थी. टीना भी पापा की याद करती रहती थी. मैं रजनी के यहाँ पहुंचा तो सबसे पहले टीना से ही मुलाकात हुई. वह आंगन में गा-गा कर नाच रही थी.

'पापा आयेंगे. अच्छी-अच्छी फाफी लायेंगे.'

'ओ हो, आज तो टीना नाच रही है,' मैंने कहा.

'हाँ, कल विशू आ रहा है,' जवाब रजनी ने दिया था. 'सुबह आओगे, शशांक, एयर पोर्ट चलेंगे.'

एक साँस में रजनी अपनी बात कह गयी थी. उसकी ख़ुशी छलकी पड़ रही थी.

'ज़रूर आऊँगा,' कहते हुए मैं रजनी के पिता के कमरे में चला गया था. उनका चेक-अप करना था. पिताजी की तबीयत कुछ खराब थी.

दूसरे दिन सुबह मैं पहुँचा तो घर में एकदम सन्नाटा था. एयरपोर्ट जाने की तैयारी करती हड़बड़ाहट भरी रजनी की आवाजें जब नहीं सुनाई दीं तो मुझे लगा कि मैं देर से पहुँचा हूँ. पर मेरी घड़ी में तो अभी सात बजकर पच्चीस मिनट ही हुए हैं और प्लेन ... प्लेन तो आठ चालीस पर आता है. मेरा मन आशंकित हो गया, जबकि आशंका का कोई कारण नहीं था. पर

मेरी आशंका से ज्यादा वहाँ कुछ घटित हो चुका था. कुछ मोहल्ले के लोग बाहर आने लगे थे. औरतें अंदर रजनी के कमरे में जा रहीं थीं. धीरे-धीरे बढ़ती भीड़ में मेरा दम घुटने लगा था. रजनी अपने कमरे में प्रस्तर प्रतिमा-सी बैठी थी. एकदम पत्थर हुई.

'रोती क्यों नहीं रजनी?'

मेरे ही नहीं सभी के मन में यही चाह थी. *खुलकर रो ले रजनी.*

मेरे दिमाग में हथौड़े से ये शब्द बज रहे थे - 'एयर क्रैश! विष्णुकांत एक्सपायर्ड! क्या होगा रजनी का, क्या होगा टीना का?'

अचानक रजनी में जैसे बिजली सी भर गयी. वह खड़ी हो गयी थी. कितने ही हाथ सहारा देने को आगे बढ़े, पर उसने किसी का भी सहारा नहीं लिया.

बाद में उसने मुझे बताया था - 'शशांक, मुझे किसी के सहारे की जरूरत नहीं.'

विशू के साथ के विश्वास ने ही उसे विष्णुकांत की चिता के पास ला खड़ा किया था. चिता की राख माथे से लगाकर विशू के अधूरे कामों को पूरा करने का भार उसने अपने ऊपर ले लिया था जैसे.

उसके इस दिलेरी भरे व्यवहार ने मुझे आतंकित कर दिया था - *एबनार्मल बिहेवियर !*

कहीं रजनी को ही कुछ न हो जाये. लगता था कि वह जैसे संवेदनशून्य हो गयी थी. हिप्नोटाइज्द-सी वह उन कामों को कर देती जो उससे कहे जाते और फिर अपनी उसी एकाकी मनस्थिति में लौट जाती.

शांत-स्थिर तालाब के जल में ज्यों कंकड़ फेंककर बच्चे हलचल पैदा कर देते हैं, वैसे ही एक छोटे-से पार्सल ने रजनी की भावनाओं को झिंझोड़ दिया था. मृत्यु से पहले विष्णु द्वारा रजनी को भेजा उसके जन्मदिन के उपहार का पार्सल था वह. रजनी ने स्वयं ही खोला था. उसमें एक सफेद नग जड़ी अंगूठी और एक छोटे-से नीले कागज़ पर लिखा *आई लव यू.* उसे पढ़कर रजनी पहली बार चीख-चीख कर रो पड़ी थी. कितने दिनों बाद वह दिल खोलकर रोई थी और मैं खुश था उसके रोने पर. अब वह अपनी स्वाभाविक अवस्था में आ जाएगी, ऐसा सभी को विश्वास था और हुआ भी यही. अब थोड़ा-बहुत बातें करने लगी थी. टीना को अपने हाथों से सजाती-सँवारती, वैसे ही जैसे विष्णु चाहता था. परन्तु फिर भी वह बहुत ही उदास रहती. ज्यादातर विष्णु के बारे में ही बात करना चाहती.

तभी से मैं रोज़ ही जाने लगा था. हम लोग हर तरह की बातें करते. मेरी बराबर यही कोशिश रहती कि रजनी विष्णु से हटकर कुछ सोचे, दुनिया की और बातों में मन लगाये, जिससे उसकी उदासी कुछ घटे. इसके लिए मैं तमाम तरह की बातें करता. कभी पॉलिटिक्स तो कभी धर्म-आत्मा-परमात्मा. तमाम बातों के बीच विशू का अपना अलग अस्तित्व था. बहुत कुछ सहज स्वाभाविक हो जाने पर भी वह बहुत डिप्रेस्ड रहती, यद्यपि उसको विश्वास था कि विष्णु उसके नजदीक ही रहता है. कितने ही मानसिक उलझनों के क्षणों में उसने उसका स्पर्श महसूस किया है, यह उसका मानना था. फिर भी उसकी उलझन मैं देखता दिन-पर-दिन बढ़ती ही जा रही थी.

ऐसे में एक दिन मैंने उससे कहा था, 'रजनी, तुम्हारा विश्वास है न कि विष्णु तुम्हारे ही आसपास रहता है?'

76

'हाँ,' कहते हुए खाली-खाली निगाहों से उसने मेरी ओर देखा था.

'फिर तुम क्यों परेशान रहती हो?' मैंने पूछा.

'मैं परेशान नहीं हूँ,' कहते हुए भी बड़ी परेशानी और उतावली से उसने पूछा, 'तुम आत्मा को मानते हो? आत्मा से बातचीत हो सकती है. आत्मा सब कुछ देख सकती है. विशू मुझे देख सकता है, देख रहा होगा. बोलो ...'

और मेरे बोलने का इंतज़ार किए बगैर वह बोलती चली गयी थी.

'तब तो मैं जैसे रहती हूँ, जो कुछ करती हूँ, सब विशू को पता होगा. पर विशू कहाँ है, कैसा है, यह कैसे पता लगे?'

मेरा ध्यान अपनी बातों की ओर न देखकर उसने मुझे टोकते हुए कहा, 'शशांक, आत्मा से साक्षात्कार भी तो हो सकता है. मैंने पढ़ा है. मैं विशू की आत्मा को बुलाऊँगी,' वह बुदबुदाई थी, 'पर कैसे?'

'मुझे नहीं पता,' बेहद ठंडेपन से मैंने कहा.

इस प्रकार की आत्मा को आमंत्रित करने जैसी बातों में मुझे विश्वास नहीं है. आत्मा से साक्षात्कार करने की बात को मैं सामान्य व्यवहार के अंतर्गत नहीं रख पाता. इसलिए रजनी के इन सब चक्करों में पड़ने के पक्ष में भी मैं नहीं था.

रजनी ने विष्णुकांत की मौत को दुनिया दिखावे में इतनी बोल्डली लिया था कि देखने वालों को उसके प्यार की गहराई पर भी अविश्वास होता. हर समय रोते रहना, ढंग से कपड़े आदि न पहनना ही तो समाज की निगाहों में प्यार का सबसे बड़ा प्रमाण होता है. पर मैं जानता था कि रजनी ऊपर से जितनी संयत थी, अंदर से उतनी ही उथल-पुथल में थी. वह

अपने को बहुत अकेला महसूस करती थी विशू के जाने के बाद से. अपने भटकाव को, आगे पड़ी लंबी जिन्दगी को काटने के भय को वह किताबें पढ़ कर, विष्णु का चिंतन कर के और लंबी-लंबी यात्राएँ करके भुला देना चाहती थी. विष्णु की उपस्थिति को हर समय महसूस करते हुए भी रजनी को किसी सशक्त सहारे की ज़रूरत थी, पर उसका संस्कारी मन, विष्णु के लिए उसके मन में बसा प्यार उसे रोकते थे ऐसा करने से.

उसके माँ-पिताजी परेशान रहते थे रजनी की मनस्थिति से. मेरे आने से रजनी अपने एकांत से बाहर निकलती थी, ऐसा मुझे लगता था. शायद माँ-पिताजी भी यही सोचते थे, क्योंकि मेरे आने से वे खुश हो जाते थे. हो सकता था यह मेरा भ्रम था, क्योंकि अब सिर्फ रजनी के लिए ही नहीं, अपने स्वयं के लिए भी वहाँ जाना अनिवार्य लगने लगा था मुझे. रजनी की ख़ुशी से मुझे बल भी मिलता और एक आत्म-संतोष भी कि मैं संभवतः वे सभी खुशियाँ रजनी को दे सकता हूँ, जो उसने विष्णु से प्राप्त की हैं. पर रजनी तो एक दोस्त की तरह ही मेरा स्वागत करती थी. मैं विष्णु का दोस्त था, इसीलिए मुझे पसंद करती थी.

अचानक ही एक दिन बिना किसी भूमिका के रजनी ने पूछा था - 'शशांक, इलाहाबाद चलोगे?'

कारण जानने के लिए मैंने उसको प्रश्न भरी निगाहों से देखा था.

'इलाहाबाद में एक कौल फैमिली है. कौल साहब की डेथ को चार-पाँच साल हो गये हैं, पर बराबर ही वे अपनी फैमिली से कॉनटैक्ट में हैं. नीता का लेटर आया था, उसी से पता चला.

चलोगे न. इलाहाबाद चलकर पता करें कैसे बुलाते हैं वो लोग कौल साहब की आत्मा को.'

'हूँ,' मैंने सोचा, तो रजनी बराबर विष्णु के बारे में ही सोचती रहती है. मेरे दाँत के नीचे जैसे कुछ करक गया था. पहली बार मुझे ईर्ष्या हुई थी विष्णु से, परन्तु जल्दी ही मैंने अपने को संयत कर लिया था. मैं रजनी को सुखी देखना चाहता था, पर मेरे हिसाब से सुख की तलाश का उसका यह रास्ता गलत था. लेकिन उसके मन की ऐसी हालत में उसे कुछ समझा पाना मेरी सामर्थ्य के बाहर था.

कुछ दिनों बाद ही हम लोग इलाहाबाद रवाना हो गये थे. रजनी की चचेरी बहन नीता जो उसकी हम-उम्र होने के कारण उसकी काफी अच्छी फ्रेंड भी थी, के घर पहुँचे हम पहले. फिर सब लोग कौल साहब के घर गये. नीता ने सब बातें पहले ही कर रखीं थीं. मिसेज कौल ने हम लोगों को अपने पूजाघर में बिठा दिया और साफ-धुला मेजपोश एक चौकी पर बिछाकर कौल साहब व विष्णुकांत की फोटो साथ-साथ रखकर कौल साहब का ध्यान करते हुए कलम व कागज़ लेकर बैठ गईं. रजनी से भी उन्होंने ऐसा ही करने को कहा और फिर आत्मा से संपर्क का कार्य शुरू हुआ. मिसेज कौल के हाथ में पकड़े कलम में झटका सा लगा और यह पूछने पर कि *कौल साहब आ गये हैं* कागज़ पर लिख गया *हाँ.* कौल साहब से विष्णु को बुलाने को कहा गया. विष्णु ने नीता के माध्यम से आना स्वीकार किया. नीता के हाथ में ली कलम में हरकत हुई और विष्णु के आने का संकेत हुआ. रजनी नीता के माध्यम से कितने ही प्रश्न विष्णुकांत से पूछती रही और कागज़ पर नीता द्वारा ज़वाब लिखे जाते रहे. बड़े घरेलू ढंग से दोनों के बीच बातचीत चलती

79

रही. उन क्षणों में तो ऐसा लगा जैसे कि रजनी ने विष्णु को पा ही लिया है. मैं सब कुछ आश्चर्य-चकित देख रहा था - विस्मित-विमूढ़!

रजनी ने अपने घर बनारस अपने ही माध्यम से विष्णु को आने के लिए मना लिया और वहाँ से बहुत खुश रजनी वापस आई.

बनारस पहुँचते ही मेरा विश्वास ताश के महल की तरह भरभराकर बिखर गया. तर्क और विश्वास एक-दूसरे के दुश्मन! कहीं रजनी के मन की बातें ही तो नीता की कलम से नहीं निकलीं. उनके बीच घटित मधुर क्षणों को नीता भी तो जानती है. मैंने नये सिरे से एक-एक प्रश्न को दोहराना शुरू किया. उनमें ऐसा कुछ भी नहीं था, जिससे आत्मा से मिलन का कोई ठोस सबूत मिले. पर रजनी खुश थी. उसे खुश रहने का एक बहाना, एक माध्यम मिल गया था. जब-तब वह विष्णु से बातें करती. मुझे लगता वह एकांत वार्तालाप है, पर वह प्रसन्न थी.

मेरी प्रैक्टिस भी अब काफी चलने लगी थी. जब-तब मैं रजनी के यहाँ नहीं जा पाता. उलाहना देती रजनी, पर अब उसको एक साथ मिल गया था जिससे वह खुश थी, संतुष्ट थी. मेरा अब वहाँ कोई काम नहीं था. फिर घर से बाबूजी के पत्र बराबर आ रहे थे मेरी शादी के लिए. रजनी से अलग हट कर अपने मन को भी तैयार करना था. इसी बीच एक दिन बाबूजी गाँव से कुछ लोगों को लेकर मुझे दिखाने व बातचीत करने आ गये. मेरी टालमटोल अब उनकी बर्दाश्त के बाहर की बात हो गयी थी. वे तीन-चार दिन बाद गये. तभी मैं रजनी के घर जा सका.

'इतने दिन कहाँ रहे,' जैसे रजनी मेरी काफी प्रतीक्षा में हो, ऐसी उत्सुकता से उसने मुझसे पूछा.

फिर बोली - 'टीना की याद नहीं आई.'

'आई थी टीना की भी और टीना की मम्मी की भी,' दोस्ताना लहज़े में मैंने जवाब दिया और बाबूजी के आने और अपने विवाह की चर्चा सब मैंने रजनी को बता दी. मुझे विश्वास था कि मेरे विवाह की सूचना से रजनी खुश होगी, परन्तु मेरी आशा के विपरीत उसका चेहरा फ़क सफेद पड़ गया यह सुनकर. परन्तु इधर साल-डेढ़-साल में वह अपने को संयत रखने में काफी निपुण हो गयी थी. हर बात में एकदम चहकना जैसे उसके स्वभाव में ही नहीं रह गया था, ऐसे भाव से उसने मुस्कराकर 'बधाई' कहा था.

और फिर तुरंत चली गयी थी. और दिनों की तरह विष्णु के बारे में कोई बात तक नहीं की. मैं भी चला आया.

उसके बाद कई दिन मैं जा नहीं पाया था और फिर कल जब गया तो जो कुछ हुआ, वह अप्रत्याशित था. अपने प्रति उसके असंयत अस्वाभाविक व्यवहार को लेकर मैं सारी रात उधेड़बुन में रहा, कुछ चिंतित भी. अपने स्वयं के व्यवहार पर भी सोच-विचार करता रहा कि मुझसे कहीं कोई गलती तो नहीं हो गयी - मैंने कोई ऐसी बात तो नहीं कह दी, जिससे उसकी फीलिंग्स हर्ट हुई हों, उसने अपमानित महसूस किया हो. जितना ही सोचता, उलझता जाता. इसी उलझन में कब नींद आ गयी, पता ही नहीं चला. सुबह स्वतः ही रजनी के घर की ओर मेरे पैर उठ गये थे. बाहर के बगीचे में माँ तुलसी पर जल चढ़ातीं मिलीं. मेरी आँखों में उभरे प्रश्नों को उन्होंने अवश्य पढ़ लिया

81

होगा. मेरे ठिठकने पर उन्होंने कहा - 'जाओ, अन्दर रजनी चाय पी रही है.' उनके छोटे से इस वाक्य ने मेरे अन्दर की घबराहट को कुछ हद तक कम कर दिया - आज रजनी ठीक होगी.

मैं अन्दर पहुँचा तो रजनी चाय खत्म करके नित्य के कामों से निबटने की तैयारी में थी. आज उसने आम दिनों की तरह, बल्कि कहना चाहिए, उससे भी ज्यादा अच्छी तरह मेरा स्वागत किया.

'कहो, इतनी सुबह-सुबह?'

कल के उसके व्यवहार की छाया तक नहीं थी आज.

'हाँ, पिताजी ने कहा था टीना कुछ ढीली है; मैंने सोचा देखता चलूँ. इधर एक विज़िट पर भी आना था.'

मैंने बहाना बनाया.

उसने बड़ी सहजता से कहा - 'टीना तो सो रही है.'

'तो मैं चलता हूँ,' कहता हुआ मैं मुड़ने लगा.

'नहीं-नहीं, तुम ऊपर चलो. मैं नहाकर चाय लेकर अभी दस मिनट में आई.'

उसकी आँखों में कुछ ऐसा अनुरोध था कि मैं उसकी बात को टाल नहीं सका. ऊपर जाकर सोई हुई टीना के पास ही पलंग पर बैठ गया. थोड़ी देर वैसे ही बैठा रहा, फिर कमरे में टहलने लगा.

रजनी की टेबल पर रखे कागज़ों पर अचानक मेरी नज़र पड़ी और मेरे हाथ एकाएक ही उनसे अठखेलियाँ करने लगे, हालाँकि उन्हें पढ़ने के इरादे से मैंने उन्हें हाथ में नहीं लिया था. बरबस ही एक पन्ने पर मेरी नज़रें ठहर गयीं - रजनी की लिखावट थी और मैं अनजाने ही उसको पढ़ने लगा.

आज तुम बिना बुलाये ही आ गये. मुझे लगा तुम कह रहे हो -
'सुनो-सुनो, मैं क्या कह रहा हूँ'.

आगे काफी घसीट राइटिंग में, जैसे कभी-कभी विष्णु लिखता था, लिखा था.

'तुम शशांक से शादी कर लो. तुम उसे प्यार करती हो, अपने मन पर से नियंत्रण का आवरण हटाकर तो देखो'.

आगे कुछ स्पष्ट नहीं था. पर इतने से ही मेरे प्रति उसके अस्वाभाविक व्यवहार का कारण मुझे समझ में आ गया था. रजनी अपने मन की कमज़ोरी को स्वीकार नहीं करना चाहती. वह विशू को ही प्यार करती है, बहुत-बहुत प्यार, पर उसके मन में कहीं मेरे लिए भी कोई सॉफ्ट कॉर्नर है, जिसे वह स्वीकार नहीं कर पा रही है या जिससे वह भयभीत-आशंकित है. मुझसे एक स्पष्ट दूरी रखते हुए भी उसके लिए मैं एक आत्मीय संबल बन गया हूँ और मेरी शादी के समाचार ने उसे विचलित कर दिया है. उसके अवचेतन का यही विचलन विष्णु के माध्यम से यों प्रकट हुआ है. उसका चेतन एक ओर इसे विश्वासघात मान कर स्वीकार नहीं कर पा रहा है, दूसरी ओर उसके मन में छिपा एकाएक अकेले पड़ जाने का एक अज्ञात भय भी है. रजनी के आज के व्यवहार को देखकर लगता है कि कल के अपने आचरण पर उसने काफी गहराई से सोचा है और इसीलिए आज फिर वही संयम का मुखौटा लगाने को वह विवश हो गयी है. काश, इतना संयम न होता रजनी में!

सीढ़ियों पर पैरों की आहट से मैं मेज के पास से हट आया. रजनी चाय और कुछ नाश्ता लेकर आ गयी थी. चाय लेने के लिए बढ़े मेरे हाथों में कैसे उसके हाथ थाम लेने की हिम्मत आ गयी थी, मैं नहीं जानता. पर स्पर्श की जो मूक भाषा होती है,

उसकी शक्ति को हम दोनों ने एकाएक महसूस किया था और रजनी मेरी बाँहों में समा गयी थी.

वह फफक-फफक कर रो रही थी, बार-बार कह रही थी - 'मैं विशू को प्यार करती हूँ, शशांक, हाँ, बहुत-बहुत प्यार करती हूँ.' मेरी चेतना निश्चल सुन रही थी उसकी इस वेदना को. और तभी मैंने उसके चेहरे को ऊपर उठाकर कहा था - 'हाँ, रजनी, किन्तु विशू हमारे बीच भी तो आ सकता है. देखो, मेरी आँखों में देखो तो. क्या हम दोनों की आँखों में विशू ही नहीं बसा हुआ है?'

रजनी ने अपनी आँखें उठाकर मेरी आँखों में पल-भर को देखा और फिर मेरी बाँहों में सिमट गयी. उसके आँसू मेरे सीने को भिगो रहे थे और मैं उन्हें अपने भीतर पूरी तरह समो रहा था. हम दोनों के मन में अब न कोई दुविधा थी, न ही कोई आशंका. विष्णु हमारी देहों के बीच में उपस्थित मुस्करा रहा था, जैसे कि कह रहा हो - 'हाँ, रजनी-शशांक, यही तो है सही रास्ता.'

सांध्यवेला

मधुप को ऑफिस के लिए विदा करके वापस कमरे की ओर मुड़ते ही मालती ने निश्चय कर लिया था कि आज घर को पूरी तरह साज-सँवार देगी. कितने दिन हो गये उसने घर की ओर ध्यान ही नहीं दिया था. देती भी तो कैसे - कितनी और आकर्षक बातें उसे चारों ओर से घेरे हुए थीं. पर आज तो फुर्सत ही फुर्सत है. मधुप शाम छः बजे से पहले ऑफिस से नहीं आ सकते यानी उसके पास थे पूरे आठ घंटे घर को व्यवस्थित करने को.

सभी कमरों में मालती ने एक चक्कर लगा डाला. किस ओर से काम शुरू करे, समझ नहीं पा रही थी. जल्दी ही घर को नया रूप दे देने का उसका निश्चय ताश के महल की तरह भरभरा गया था. वास्तव में काम करने में उसका मन ही नहीं लग रहा था. यों थोड़े-बहुत बिखराव को समेटने में उसके हाथों ने यंत्रचालित काम तो किया था, पर मन कहीं और ही भटक रहा था. थोड़ी ही देर में थकान से बोझिल शरीर को आराम कुर्सी पर डालकर कुछ देर आराम करने के विचार से उसने आँखें मूँद लीं. समय भी तो बहुत है. आखिर करेगी भी क्या सारे दिन?

बंद आँखों में बीते हुए पच्चीस वर्ष सिमटकर नन्हा राजुल बन गये थे. रंग-बिरंगे दृश्य किसी मूवी पिक्चर की तरह उसकी आँखों में तैरने लगे.

रसोई से बेडरूम के अंदर दरवाजे से सटे खड़े हुए राजुल को मालती साफ देख पा रही थी और उसकी हर हरकत को भी. थोड़ी देर तक तो वह देखती रही, फिर स्टोव धीमा करके तवे पर पड़े पराठे को यों ही छोड़ कर बनावटी रोष के साथ वह राजुल के पास पहुंची और हल्की चपत लगाने के लिए हाथ ऊपर उठाकर नकली गुस्से से उसने पूछा, 'यह क्या हो रहा है?'

ढाई साल का राजुल, जो अपनी ज़बान की नोक से दरवाजे की जाली पर लगी मिट्टी को बार-बार चाट लेता था, बड़े भोलेपन से बोला था, 'मम्मी, सफाई कल लहे हैं.'

और उतने हिस्से की ओर उसने इशारा किया था जो चाटने से साफ हो गया था. मालती का उसे धमकाने के लिए उठा हाथ स्वतः ही नीचे आ गया था और फिर उसे गोद में उसने भर लिया था जैसे यशोदा ने कान्हा को त्रिभुवन दिखा दिया हो.

सुबह का समय बड़ी हड़बड़ाहट में बीतता. साढ़े आठ बजे मधुप ऑफिस के लिए तैयार हो जाते. बिस्तर छोड़ने के बाद ऑफिस जाने तक का समय मधुप को अपने लिए ही काफी नहीं था. फिर राजुल और उससे एक साल बड़ी उसकी दीदी को देखने के लिए समय निकलना तो बहुत मुश्किल था. सारे कामों के बीच राजुल पर नज़र रखना बहुत ज़रूरी था. कहीं गेट न खुला रह जाये और वो साहब सामने कोठी में रहने वाली अपनी डेढ़ साल की गर्लफ्रेंड, मिनी से मिलने के लिए सड़क पार करने लगें या गेट से लगी बैठी सड़क की आवारा काली कुतिया के बच्चों में से किसी को उठाकर बिस्तर में न सुला दें. कुतिया को ब्रेड-मिठाई या अंडे का एक-आध टुकड़ा तो गेट के अंदर से ही दे दिया जाता उन साहब के द्वारा. कभी कुछ हाथ में न होता तो बगीचे से फूल ही तोड़-तोडकर *ले खा - ले खा* करते रहते थे.

बीच-बीच में गुडिया रानी की गुडिया को कभी पेट दर्द होता तो कभी बुखार. *मम्मी-मम्मी* की आवाज़ बीच-बीच में उसका ध्यान अपनी ओर खींचती ही रहती थी.

'क्या है बेटा, काम करने दो न? पापा को ऑफिस जाना है.' मालती को जवाब तो देना ही पड़ता था.

'मम्मी, मेरी गुड़िया के पेट में दर्द हो रहा है, रो रही है. वो दे दो न शीशी की दवाई जो भैया को देती हो.'

और गुड़िया की ज़िद से तब तक छुटकारा नहीं मिलता, जब तक उसकी डॉली के मुँह में ग्राइप वाटर चुपड़ नहीं दिया जाता.

मधुप मालती को जब-तब प्रोवोक करते रहते और शादी के पहले की याद दिलाते हुए कहते, 'कुछ पढ़ा-लिखा भी करो, मालती. क्या सारे दिन गुडिया-राजुल में बिता देती हो?

और क्या करूँ? इनका ही काम क्या कम है,' आँखें तरेर कर मालती जवाब देती.

'अरे मेम साहब, जब ये बड़े हो जायेंगे, तब बोर हुआ करोगी. पढ़ने-लिखने की जो आदत बनी हुई थी, उसे कायम तो रक्खो. बुढ़ापे में तुम लिखोगी, मैं पढ़ूँगा - मैं लिखूँगा, तुम सुनोगी; समय आराम से कट जायेगा.'

गुडिया-राजुल, घर-गृहस्थी के तमाम झंझटों में भी मधुप का कवि मुखर हो उठता.

बचपन से ही मालती को लिखने का शौक था. बाल-स्तम्भ से ही लिखना आरंभ किया था. अपने लिखे को पूरे जोश से कक्षा की साप्ताहिक सभाओं में सुनाना. डिबेट में बोलने का शौक कॉलेज और यूनिवर्सिटी स्टेज पर खूब पूरा किया. कई कहानियाँ-लेख छपे और प्रशंसित भी हुए. अब भी मधुप के

टोकने पर राजुल को नहला-धुलाकर सुलाने के बाद कागज़-कलम लेकर बैठती तो है, पर ...

'मम्मी, हमें पढ़ाओ. हम स्कूल जायेंगे,' कहती गुड़िया सिर पर सवार हो जाती.

'हाँ, मेरी रानी बिटिया स्कूल जाएगी, वहीँ मैडम से पढ़ेगी. अभी तो खेलो जाकर,' बहलाने के अंदाज में मालती जवाब देती.

'मम्मी, बस्ता ला दोगी?'

'हाँ-हाँ, ला देंगे'. आश्वासन से शायद गुड़िया टल जाये, पर आशा पूरी नहीं होती.

'मम्मी, खाने के डिब्बे में हम क्या ले जायेंगे, बोलो.' और लिस्ट खुद ही बोलने लगती.

'केला, बिस्कुट, काजू और आलू का पराठा. '

स्कूल में नाम लिखा नहीं, डिब्बे का मेनू अभी से तैयार. मालती को हँसी आ जाती. पराठा शायद इतनी जोर से कहा गया होगा कि उसकी गंध राजुल महाशय तक भी पहुँच जाती और वे आ जाते बिस्तर छोड़कर मम्मी के पास. और बस मालती का कागज़-कलम सिमट जाता.

गुड़िया-राजुल जैसे अकस्मात बड़े हो गये थे. धूप में चेयर पर बैठी मालती उनींदी-सी हो आई थी.

'मम्मी,' कानों में जोरदार आवाज़ की टकराहट से आँखें खोलकर चारों ओर देखा उसने और अपने भ्रम पर हल्के से मुस्करा पड़ी. राजुल यहाँ कहाँ. वह तो कोलकाता जाती ट्रेन पर बैठा अपनी पत्नी के साथ भविष्य के सुनहले सपने बुन रहा होगा. यह तो उसके मन की आवाज़ है और अचानक ही जवान

होते राजुल की छवि साकार हो उठी थी और एक-एक उन दिनों का चित्र उसकी आँखों के सामने घूमने लगा था.

डायनिंग रूम से ही राजुल की जोरदार पुकार ने मालती को चौंका दिया था.

'क्या है, बेटे?' उसके पास जाकर उसने पूछा था.

'मम्मी, हमारे कॉलेज का टूर शिमला जा रहा है. पापा से बात करियेगा. ढाई सौ रूपये पड़ेंगे. '

मालती को चुप देख उसने अपनी बात आगे बढ़ाई.

'इस महीने दीदी की तीन महीने की फीस भी तो जाती है न!'

मालती ने राजुल को ध्यान से देखा. वह इससे बेखबर जल्दी-जल्दी दूध गले से नीचे उतारने में लगा था. उसकी उम्र के सत्रह साल सिमटकर कितने छोटे हो गये हैं. कंधे तक सूखे झबराए बाल. अभी ही पापा के बराबर लंबाई में पहुँच गया है. होंठ पर हल्की-सी रेख भी उभर आई है. लगता ही नहीं यह वही राजुल है जो मम्मी के पेट पर पूरा अधिकार करने के लिए दीदी से लड़ता था और फिर आधे-आधे पर मम्मी के अगल-बगल लेते दोनों बच्चे समझौता कर लेते थे और सीमा रेखा के ज़रा से अतिक्रमण से लड़ पड़ते. वही राजुल दीदी की फ़ीस के लिए अपने टूर को सैक्रीफ़ाइस करने को तैयार है.

'बेटे, दीदी की फीस से क्या मतलब. वह कोई सेलरी से थोड़े ही जाएगी. वह तो बचत से निकलेगी. तुम अपना नाम टूर के लिए दे देना. पैसे एक-दो रोज़ में दे दूँगी.'

राजुल को मालूम है मम्मी ने हाँ कह दी तो पापा मान ही जायेंगे. और राजुल ख़ुशी-ख़ुशी बरांडे से ही साइकिल पर सवार होके स्कूटर उतारने के लिए बनी ढलान से उतरता हुआ साइकिल पर बैठे-ही-बैठे आवाज़ देता हुआ बाहर निकल गया.

'मम्मी, गेट बंद कर लीजियेगा, नहीं तो पड़ोस की बकरी आ जाएगी.'

'लाट साहब कहीं के,' मालती की प्रतिक्रिया तो हुई किन्तु हल्के स्मित के साथ.

गुड़िया के पी.एम.टी. में कंपीट कर लेने से मालती और मधुप की ख़ुशी का ठिकाना नहीं रहा था. खासकर मालती तो गुडिया को डॉक्टर बनाने के लिए बहुत उत्सुक थी. सिंपल एम.ए., एम.एससी. के बाद नौकरी के लिए बहुत झक मारनी पड़ती है. डॉक्टर हो जाएगी तो कम-से-कम नौकरी तो कहीं-न-कहीं पक्की ही है. अब वह समय तो है नहीं कि लड़कियों का बिना नौकरी किए चल जाये. यों भी अकेली आय में बहुत मुश्किल पड़ती है. या तो बच्चों की पढाई करा लो या घर के लिए आधुनिक साजो-सामान जुटा लो. राजुल के विषय में मालती ने विशेष कुछ कभी नहीं सोचा. जैसी रुचि होगी, वही पढ़ाई करा दी जाएगी. लड़का है नौकरी तो करेगा ही. पर राजुल ने हायर सेकेंडरी के बाद एडमीशन लेते वक्त खुद ही ऐलान कर दिया, 'पापा, मैं प्री-इंजीनियरिंग में एडमीशन लूँगा.'

'अच्छा, लेकिन इंजीनियर बनने के बाद कुछ स्कोप तो दिखता नहीं.' मधुप ने आशंका प्रकट की थी.

'ऐसा नहीं है, पापा. हाँ, ब्राइट करियर होना चाहिए.' बड़े बुज़ुर्गाना लहज़े में राजुल ने जवाब दिया था. 'फिर, पापा मैं तो टेक्सटाइल इंजीनियरिंग में डिग्री लूँगा और ऐसा थ्रेड निकालूँगा जो फटते-फटते फट जाये पर नये या पुराने के बीच चमक में कोई फर्क न आये.'

'ऐसा कैसे हो सकता है कि मुझमें और तुममें कोई फर्क न कर पाए,' मुस्कराकर मधुप ने कहा, तो हो-हो करके हँस पड़ा था राजुल.

'ऐसा कैसे हो सकता है कि मुझमें और तुममें कोई फर्क न कर पाए,' मुस्कराकर मधुप ने कहा, तो हो-हो करके हँस पड़ा था राजुल.

'आप तो फिलासफर हो रहे हैं, पापा!'

और राजुल ने प्री-इंजीनियरिंग में एडमीशन ले लिया था.

अगले साल यह भी होस्टल चला जायेगा. तब तो घर कितना सूना लगेगा. गुडिया का जाना ही कितना खला था. हर समय गूँजती उसकी गुनगुनाहट घर झंकृत रखती थी.

गुड़िया और राजुल दोनों के होस्टल चले जाने पर जब मधुप और मालती ही घर पर रह गये थे, तब इतना अकेलापन नहीं लगता था. दो ही बच्चे हैं, पर कितना बँधे हैं दोनों उनसे. हर शनिवार गुड़िया घर आ जाती. सफर ही कितना - सिर्फ ढाई घंटे का.

सोमवार की सुबह वह चली जाती. और राजुल का तो कोई ठिकाना ही नहीं - किसी भी समय, कभी भी आ जाता. दूरी भी बस सवा-डेढ़ घंटे की और लड़का है, रात दस बजे भी आ जाये, सारी रात मम्मी-पापा को जगा कर सुबह पाँच बजे की बस पकड़ कर कॉलेज अटेंड कर लेता. फ्रिज में उबले आलू और गूँधा आटा हमेशा ही रखना पड़ता. बच्चों को क्या खिलाना है संडे को इसकी तैयारी में ही हफ्ता पंख लगाकर उड़ जाता.

कितनी बार प्रोग्राम बनाकर बच्चों की वज़ह से कैंसिल किए हैं मधुप ने. मालती को याद आ जाता है. ऑफिस से किसी के यहाँ विज़िट का प्रोग्राम बनाकर आते और बड़े जोर-शोर से प्रपोजल रखते और चाय खत्म करते-करते खुद ही काट देते. 'राजुल इधर तीन-चार दिन से आया नहीं. कहीं आ न जाये.'

'ये बच्चे बाहर जाकर भी बाँधे हुए हैं हम लोगों को,' मधुप का प्रोग्राम पूरा नहीं हो पाया, इस अहसास से बाध्य होकर मालती कहती. यों वह स्वयं इंतज़ार में होती थी राजुल के. और फिर कॉलोनी का ही चक्कर लगाकर वापस आ जाते वे लोग.

अभी गुड़िया के फिफ्थ इयर पूरा करने में तीन महीने शेष थे. विंटर ब्रेक में बड़ी शालीनता से उसने अपना निर्णय बताया था मालती को.

'मम्मी, यह मेरा आखिरी निर्णय नहीं है. आपकी और पापा की इच्छा के विरुद्ध मैं कोई कदम नहीं उठाऊँगी, पर आप एक बार अनंत को देख लें और पापा तक मेरी बात पहुँचा दें,' बड़े आग्रह से कहा था उसने.

मेडिको हो जाने के बाद क्या करना है, इस विषय में कुछ सोचने का अवसर ही नहीं दिया था गुड़िया ने. डिग्री लेकर विवाह के कुछ महीने के बाद ही वह अनंत के साथ कैलिफोर्निया चली गई थी.

यह हफ्ता - हफ्ता क्या, पूरा महीना ही इतनी व्यस्तता में बीता था कि घर देखने की फुर्सत ही नहीं मिली. राजुल के विवाह के लिए गुड़िया अनंत और नन्हा मिंटू पन्द्रह-बीस दिन पहले ही आ गये थे. एक महीने की छुट्टी थी. पूरे दो साल बाद गुड़िया के आने से घर भर गया था. वैसे तो राजुल अभी तक घर पर

ही था. एक लोकल कॉटन मिल में सर्विस मिल गयी थी उसे. लेकिन अच्छी और अच्छी की तलाश में वह लगा रहा और कलकत्ता (कोलकाता) में जब उसे मन-पसंद नौकरी मिली तो वह झूम उठा. दूसरी ख़ुशी की तैयारी तो उसने पहले ही कर ली थी. इंतज़ार था तो बस अच्छी नौकरी का. मालती और मधुप तो तैयार थे ही, फिर देरी क्या? शादी करके ही कलकत्ता जाने का प्रोग्राम बनाया गया. देरी थी तो गुड़िया और अनंत के भारत आने की सूचना मिलने में. जैसे ही गुड़िया का पत्र आया, विवाह की तैयारियाँ जोर-शोर से होने लगी थीं. एक ओर राजुल के विवाह की धूम, दूसरी ओर गुड़िया के आने का उत्साह. मालती के पाँव तो जैसे धरती पर ही नहीं पड़ते. सब कुछ कल्पना के अनुसार ही घटता गया, सोचकर मालती गौरवान्वित हो उठती. ईश्वर के प्रति धन्यवाद में श्रद्धा से मस्तक स्वयं झुक जाता. मिंटू की तोतली बातों और उसे अपने वामन पगों से घर को सारा दिन नापते देखने और गुड़िया की दो सालों में इकट्ठी हो गयी बातों में समय इतनी जल्दी बीत गया कि पता ही नहीं चला कि उसके जाने का समय भी आ गया. जाने के समय गुड़िया-अनंत-मिंटू से अनजाने समय के लिए बिछुड़ने का अवसाद सारे घर पर छा गया था. साथ ही राजुल और नई बहू को भी कलकत्ता के लिए विदा करने की घड़ी आ गयी थी. मालती और मधुप दोनों के लिए यह सब स्वीकार करना आसान नहीं था.

राजुल की गृहस्थी की छोटी-मोटी ज़रूरत की चीजों को मालती ने बक्सों में सजा दिया था. दिल्ली तक दोनों बच्चों को भेजने मधुप और मालती भी गये थे - सारे रास्ते बातें करते हुए और लौटे वे दोनों अकेले ही - चुप और अपने में गुमसुम. अब तो

93

अकेले ही रहना है, दिल्ली जाने और वहाँ से लौटने की स्थितियों पर विचार करते हुए मालती ने सोचा.

काफी दिनों से छुट्टी ले रखी थी मधुप ने. अब सब के चले जाने पर घर बैठे रहने का कोई तुक नहीं था.

'आज ऑफिस ज्वाइन कर लेता हूँ,' मधुप ने अपना विचार व्यक्त किया.

'हाँ, चले जाओ. घर पर करोगे भी क्या?' मालती ने कहा. मन-ही-मन सोचा, 'मैं भी सब कम निबटाऊँ. कितना फैलाव फैला हुआ है.'

पर काम तो कोई भी नहीं हो सका. अजीब थकन और उदासी से भर गयी थी मालती. सारा दिन बिना किसी काम को पूरा किए उठा-धरी करती रही और शाम घिर आई. मधुप के आने से उसकी तन्द्रा टूटी. घर की अवस्था देखकर ही मधुप ने भाँप लिया था मालती की मनोदशा को. उनको देखकर मालती चौंकी थी. 'अरे, तुम्हारे आने का समय भी हो गया!'

'जल्दी आ गया? फिर चला जाऊँ?' हँसते हुए मधुप ने जवाब दिया.

'अरे नहीं, मैं तो बोर हो गई सारा दिन.'

'बोर क्यों? आज तो बहुत काम था तुम्हें?'

'काम? काम तो था पर मन कहाँ लगा उसे करने में,' मन में मालती ने सोचा. पर इसका क्या जवाब दे मधुप को. यों जवाब की दरकार भी नहीं थी मधुप को. मालती को बाँहों में भरते हुए बोले, 'जल्दी से चाय पिलाओ. चलो झील तक सैर कर आते हैं.'

झील के चारों ओर बने पार्क की नर्म घास पर फूलों की मोहक सुगंध से घिरे फव्वारों का रिमझिम संगीत सुनते हुए मधुप से

दुनिया-जहाँ की बातें करते घूमना कितना भाता था मालती को. बाहर निकलकर घर में फैले सन्नाटे के घेरे से निकल जाएगी मालती, यह सोचकर ही वह यहाँ आई थी. कितनी बातें होती थीं पहले उनके पास. बच्चों का भविष्य, गृहस्थी की एक-एक जुटाने के प्रयत्न में उसकी प्लानिंग, पर आज तो लगता है उसके पास कोई बात ही नहीं है. कैसे समय कटेगा आगे का? मधुप भी बिलकुल मौन थे. पता नहीं कहाँ खोये हुए. चुप्पी भारी पड़ने लगी तो उसके मन की बात स्वयं ही फूट पड़ी.

'ये पच्चीस साल कितनी जल्दी बीत गये, मधुप. आगे के दिन काटना ...'

परन्तु वाक्य पूरा करने से पहले उसका गला भर आया था.

'आगे के दिन तो और अच्छे कटेंगे. निश्चिंतता के,' बड़ी सहजता से मधुप ने बात पूरी कर दी. ऐसा नहीं था कि बच्चों की दूरी उन्हें नहीं खलती, पर मालती पर इस नई स्थिति का अधिक प्रभाव पड़ना स्वाभाविक है. उसे तो सारा दिन अकेले सूने घर में बिताना है.

अचानक मधुप ने बात को एक नया मोड़ दे दिया था जैसे कोई भूली बात याद आ गई हो. बोले, 'अरे मालती, तुमने एक नॉवेल लिखना शुरू किया था न?'

'छोडो भी, जमाना हो गया.'

'बताओ तो. कुछ लिखा तो था तुमने.'

'अब मुझे नहीं याद. देखूँगी पुरानी फ़ाइल.' मालती ने टालते हुए कहा.

परन्तु मधुप कहाँ छोड़ने वाले. पीछे ही पड़ गये. मालती को भी कुछ-कुछ याद आने लगा था. फिर पूछने पर जवाब दे ही दिया. 'हाँ, चार-पाँच चैप्टर लिखे थे.'

'आगे की आउटलाइंस भी बनाई ही होगी.'

'तुम भी कहाँ की बातें करते हो. कितने बरस हो गये. तब से उठाकर देखा तक नहीं है कभी. नॉवेल लिखना मेरे बस का नहीं है, मधू ...' मालती ने हथियार डाल दिए.

'फिर भी कुछ बताओ तो. जो लिखा था, वह याद तो होगा ही थोड़ा-बहुत.'

मधुप में एक बुरी आदत है. किसी बात के पीछे पड़ जाएँ तो उसकी तह तक जाए बिना उसका पीछा नहीं छोड़ते.

आखिर हारकर दिमाग में उभर आई नॉवेल की कहानी बतानी शुरू की तो लिखा हुआ, और आगे लिखने के लिए बनाई रूपरेखा सब कुछ एक तारतम्य में याद आता चला गया. भावों को सिर्फ शब्द देने हैं. उसे लगा कि लेखन की भावभूमि बनने लगी है. अब आगे क्या करना है, यही सोचना है.

पार्क की पगडंडियों पर घूमते हुए मालती को लगने लगा जैसे कि वह भविष्य के सुंदर सपने बुनती हुई उन्हीं पुराने यूनिवर्सिटी के दिनों में पहुँच गई है, जब न्यू पी.जी. ब्लॉक की सीढियाँ चढ़ते-उतरते मालती और मधुप टकरा जाते. मालती इकनॉमिक्स में एम.ए. कर रही थी और मधुप यूनिवर्सिटी से जुड़े रहने के लिए पीएच.डी. ज्वायन किये हुए थे. वैसे तमाम कॉम्पटीशंस की तैयारियों में जुटे रहते. कब इन छुटपुट मुलाकातों में उन्होंने अपने आगामी जीवन के महत्त्वपूर्ण निर्णय ले डाले थे, इससे बेखबर दोनों यूनिवर्सिटी की सड़कों पर, कभी किसी लॉन पर बैठे बहस करते रहते. वैसे ही आज स्वयं ही उसे भविष्य का पथ मिल गया था.

मालती को अचानक एक सुखद अहसास हुआ. हाँ, आज की साँझ कितनी सुहावनी है. ऐसी ही सुहावनी-सुखद एवं मधुर हो

सकती है जीवन की साँझ भी. उसने आश्वासन-भरी नज़रों से मधुप की ओर देखा और एक नये उत्साह से भरे हुए दोनों हाथ-में-हाथ डाले घर की ओर लौट पड़े ...

यह बेमानी था

चिट्ठी हाथ में लेते ही मैं जान गयी थी कि अनु भाभी की होगी. पीछे अपना नाम न लिखना उनकी आदत है. चिट्ठी एक तरह से लखनऊ आने का निमंत्रण थी. सुषमा की शादी तय हो गयी थी. लड़का लखनऊ का और मेरी ससुराल के मोहल्ले का था. भाभी के माता-पिता का इरादा लखनऊ आकर शादी करने का था. इसलिए मुझे बुलावे के अनेक लालच दिए थे कि ससुराल में सबसे मिल लोगी, अम्मा को देख जाओगी और मामा-मामियों, भैया-भाभियों सबसे तो मुलाकात होगी ही.

पर जनवरी में भला रवि को छुट्टी कहाँ मिलेगी. वह तो पढ़ाई का 'पीक पीरियड' होता है; फिर प्राइवेट कॉलेज की नौकरी. पर यह सब मैंने भाभी को नहीं लिखा था. 'कोशिश करूँगी,' लिखकर चिट्ठी डाल दी थी. पर कोशिश भी मैंने नहीं की. तीन सौ रुपये भी निकलने कहाँ आसान हैं रेल-भाड़े के लिए.

फिर गर्मियों में हर साल की तरह छुट्टियाँ बिताने लखनऊ गयी थी. मैका-ससुराल दोनों ही वहीं हैं; इसलिए पूरी छुट्टियाँ वहीं बीतती हैं. सारे रिश्तेदार-कुनबा भी वहीं. ऐसे में दो महीने का छुट्टियों का समय यों ही बीत जाता है.

एक दिन अनु भाभी के पास राजेन्द्र नगर मिलने गई थी. भानु भैया से शादी होने के बाद से मैंने अनु को कभी खुलकर हँसते नहीं देखा था. हाँ, अनु भाभी तो बाद में बनी थी. अनु के रूप में हम सब उसे पहले से ही जानते थे. बड़े मामा बिसवाँ की

शुगर मिल में मैनेजर थे. वहीं के एक क्लर्क की लड़की थी अनु. मुझसे कुछ छोटी होगी. हाँ, मामा की एक लड़की जरूर उसके बराबर है. छोटी-सी जगह; लखनऊ के मुकाबले में वहां कहीं कोई घूमने-घामने की जगह तो थी नहीं. बस मिल एरिया की सारी लडकियाँ मिलकर गप्पें हाँका करती थीं. उसमें अनु सबसे ज्यादा जॉली थी. हर समय उधम मचाना, सभी की नकल उतारना और फिर खिलखिलाकर हँसना, यही उसका काम था. और हँसते हुए वह इतनी सुंदर लगती थी कि हम सब देखते रह जाते थे.

उसके कुछ महीनों के बाद ही मेरी शादी हो गई थी और मामा के यहाँ मेरा जाना न के बराबर हो गया था. मुझे पता ही नहीं चला कि कब अनु ने मेरी भाभी बनने की तैयारी कर ली थी. महेंद्र भैया वाली भाभी ने पत्र से सूचना दी थी कि भानु भैया से अनु की शादी हो रही है. बहुत ख़ुशी हुई थी उस समय मुझे. छोटी मामी के न रहने के बाद मामा की छत्रछाया में बेहद लाड़ से पलने के कारण भानु भैया कुछ जिद्दी और चिड़चिड़े बन गये थे. अब अनु उन्हें ठीक कर लेगी, यह सोचकर मुझे संतोष हुआ था. पर मुझे क्या पता था कि अनु की अच्छाई भानु भैया को नहीं, बल्कि भानु भैया का रोग अनु को लग जायेगा. अकसर गुमसुम रहना भानु भैया की आदत थी.

मेरा तो साल में एक बार ही लखनऊ जाना होता है, पर गोना, मेरी छोटी बहन सारे घरों की एक-एक खबर मुझे देती है. रवि उसकी चिट्ठी को खानदानी पिटारा कहते हैं.

गर्मी की दोपहरी खूब सोकर भी नहीं कटती. मैं और मोना लेटे हुए इधर-उधर की बातें कर रहे थे. महेंद्र भैया वाली भाभी यह

पता लगते ही कि मैं लखनऊ आ गयी हूँ, मुझसे मिलने आईं थीं. सच, मैंने तो भाभी के रूप में उन्हें ही सबसे ज्यादा प्यार किया था. यों मेरे दोनों भाई व भानु भैया भी मुझसे बड़े हैं, पर शादी के बाद उनकी शादियाँ हुईं थीं, सो भाभियाँ मुझे हमेशा अपने से छोटी ही लगती रहती हैं. उन तीनों की शादी होने तक तो मैं दो बच्चों की माँ बन चुकी थी.

महेंद्र भैया वाली भाभी यों तो खूब काली हैं, पर भैया के काले-खुथरे चेहरे के सामने सुंदर ही लगतीं हैं. फिर स्वभाव भी कितना अच्छा है. मैं उनकी तारीफ के पुल बाँध ही रही थी कि मोना बोल पड़ी, 'दीदी, रहने भी दो बस. भाभी ऊपर से जितनी अच्छी लगती हैं, वैसी हैं नहीं.'

मैं चौंककर उठ बैठी थी और मोना को देखने लगी थी. क्या मोना बड़ी हो गयी है, जीवन की जटिलताओं को समझने लायक हो गयी है या यह उसके बचपन की ही नासमझी है? उसका गोल-मटोल चेहरा देखकर मुझे हँसी आ गयी तो वह और जल-भुन गयी. और उसके बाद उसने जो कुछ मुझे बताया, उसका मतलब यही था कि अनु भाभी की हंसी चुराने वाली बड़ी भाभी ही हैं. अनु के सौन्दर्य के जिस ट्रंप कार्ड द्वारा भानु भैया जैसे एम. ए., एल एल. एम., पी एच.डी., पुराने जमींदारी वैभव और जोरदार वकालत वाले बाप के बेटे से शादी हुई थी, वही उसके खिलाफ पड़ गया था.

बड़ी भाभी अपने झक्की और जिद्दी देवर में शक के बीज बोकर अपनी महत्ता को बनाये हुए हैं और अनु के भोले सौन्दर्य के सामने अपनी बदसूरती के साथ रणचंडी बनी डटी हैं. सुनकर बहुत दुःख हुआ था, पर मन विश्वास नहीं करना चाहता था.

मोना के मन से यह बात निकालने के लिए मैंने इस बात को और अधिक कुरेदना ठीक नहीं समझा.

इस बार मिलने पर अनु भाभी की ख़ुशी पर मैं अपनी ख़ुशी ज़ाहिर कर ही रही थी कि भाभी ने अपनी ख़ुशी का राज़ खोल दिया. वह सुषमा की शादी से बहुत खुश थीं. सुषमा का पति अधिक पढ़ा-लिखा नहीं है, पर बहुत सुंदर व स्मार्ट है, अमीर घर का है. रंग तो साँवला है, पर लड़के तो साँवले ही अच्छे लगते हैं, यह भाभी की दलील थी. प्रताप सुषमा को बहुत प्यार करता है, भाभी ने विशेष बल देकर कहा था. मैं सोचने लगी कि क्या वे अपने मन में छिपी कोई दर्द की गाँठ खोलना चाह रहीं हैं. सुषमा और प्रताप को भाभी बुलवाने को तैयार थीं कि मैं मिल लूँ, देख लूँ, किन्तु मुझे और रवि को अभी अमीनाबाद जाना था और एक बजे तक घर भी पहुँच जाना था. सो मैं फिर आने का वायदा करके चल दी.

एक दिन मैं और मोना अमीनाबाद गये थे, तभी मोना ने बताया कि इधर पार्क के सामने ही प्रताप की रेडियो की दुकान है. मैंने सोचा सामने से निकलकर प्रताप को देख ही लिया जाये. रवि के साथ जाकर तो जरा भी इधर-उधर जरूरत के अलावा चलो कि रवि थम कर चौराहे पर खड़े हो जायेंगे और साफ कह देंगे, 'जाओ, तुम घूम आओ, मैं यहीं खड़ा हूँ.'
क्या मज़ेदार सिचुएशन क्रीएट कर देते हैं. कोई फिल्मवाला देख ले तो रवि को हीरो ही बना दे.

दुकान पर काफी भीड़ थी. मोना ने दूर से ही मुझे एक सजीले जवान को दिखलाया था. लम्बे बाल. बड़ी-बड़ी घनी कलमें. हँस-हँसकर रिकार्ड्स बेचने में लगा था. ख़ुशी हुई थी देखकर प्रताप को और सुषमा को देखने की इच्छा जागी थी. छ: साल पहले

की स्कर्ट-ब्लाउज पहनने वाली लडकी अब साड़ी में कैसी लगती होगी? शादी में, उसका भी खत्रानियों वाला गोरा रंग ही ट्रंप कार्ड बना होगा, वरना इतने अमीर घर के सजीले नौजवान के साथ मामूली क्लर्क की लड़की की शादी कहाँ संभव थी कायस्थों में?

काफी खरीद-फ़रोख्त के बाद हम घर लौट आये थे. छुट्टियाँ खत्म होने को थीं. हम लोग लौटने की तैयारी में लग गये थे. फिर साल भर बाद मिलना होगा सबसे. सुषमा और प्रताप नैनीताल चले गये थे, इससे उनसे मिलने का प्रश्न ही नहीं था. अगले साल अगली खुशखबरी के साथ मिलने को कहकर मैंने अनु भाभी से अंतिम विदाई ली थी. पर मुझे क्या पता था कि अगली गर्मियाँ घर पहुँचने की ख़ुशी के साथ दुःख लेकर आएँगी.

अभी मुझे लखनऊ पहुँचे कुछ दिन ही हुए थे. अम्मा के पास ज्यादा रह न सकी थी, इसलिए मोना के समाचार पत्र के पन्ने अभी पूरी तरह खुले नहीं थे कि एक दिन अम्मा की तबीयत कुछ ज्यादा ही खराब हो गयी. मैं देखने गयी और वहीं रह गयी. रात में मोना मेरे पास ही चारपाई बिछाकर लेटी और गई रात तक हम दोनों नाते-रिश्तेदारों के बारे में बातें करते रहे.

सुबह ही मेरे देवर अनूप ने मुझसे प्रताप के बारे में पूछा था, 'भाभी, प्रताप क्या तुम्हारा रिश्तेदार लगता है.'

उसके स्वर में छिपे तिरस्कार से मैं अनभिज्ञ न थी, फिर भी मैंने पूछा, 'क्या तुम उसे जानते हो?'

वह ठठाकर हँस पड़ा था और बोला था, 'भला मोहल्ले के गुंडों को कौन न जानेगा.'

रवि नहाने गये थे, इसलिए अनूप कुछ खुलकर बातें कर रहा था. पर मैं अम्मा के पास जाने की जल्दी में थी. फिर मैंने उसे सीरियसली लिया भी नहीं था. अभी जवानी में कदम रख रहा है. डींगें हाँकना तो उसका काम है. परन्तु रात में मोना से पूछे बगैर मैं न रह सकी. मैंने तो सिर्फ सुषमा का हाल पूछा था. पर मोना तो मानो भरी बैठी थी. बोली, 'दीदी, बहुत सुन्दरता भी अच्छी नहीं होती. फिर प्रताप ने तो सुषमा का जीना दूभर कर दिया है.'

मोना सुषमा के करीब-करीब बराबर ही होगी, इसलिए मोना का उसमें रुचि रखना स्वाभाविक ही था. सुबह अनूप की बात और इस समय मोना का यह छोटा सा वाक्य मेरे मन में चुभ गया था.

अब सारी बात विस्तार से जानने की मेरी इच्छा प्रबल हो उठी. मैंने मोना से पूछा, 'आखिर बात क्या है? पिछले साल तो अनु भाभी काफी खुश थीं.'

मोना बोली, 'दीदी, ये महेंद्र भैया वाली भाभी हैं न, बस सुन्दरता की दुश्मन हैं. पता नहीं प्रताप के मन में उन्होंने कैसे घुसा दिया है कि रज्जू भैया से सुषमा प्यार करती थी.'

रज्जू भानु भैया का छोटा भाई है. मुझे याद आया कि बड़े मामा की ऋचा ने, जो अनु की सहेली भी थी, बताया था कि बड़ी भाभी ने भानु भैया के मन में रज्जू और अनु के लिए भी ऐसी ही बातें बिठाईं थीं. वह भी बड़ी भाभी से बहुत नाराज़ थीं.

रज्जू अनु भाभी का प्यारा इकलौता देवर. भला बड़ी भाभी को इस प्रकार से ज़हर घोलने में क्या मिलता है? मन के अंदर किसी कोने में उठा था क्या? महेंद्र भैया वाली भाभी का स्वयं बदसूरत होने का 'इनफीरियारिटी कॉम्प्लेक्स' ही तो नहीं उनसे

यह सब कराता है? यही सब सोचती मैं सो गयी थी. मोना पहले ही सो चुकी थी.

सुबह जल्दी ही मैं रवि के घर लौट आई थी. गेट पर ही अनूप मिल गया था. मेरा हाथ पकड़कर बोला - 'भाभी, प्रताप की वाइफ ने स्यूसाइड कर लिया है.'

एक पल को मैं स्तब्ध रह गयी थी. यह मैं क्या सुन रही हूँ.

अनूप ने पूछा, 'भाभी, जाओगी तुम वहाँ?'

'नहीं,' कहकर मैं अंदर चली गयी थी.

शाम को मैं अनु भाभी से मिलने गयी. सारा दिन रो-धोकर थकी-टूटी सी भाभी पलंग पर बैठी थीं. पास ही दोनों बड़ी बच्चियां सो रही थीं. भानु भैया छोटी को गोद में लिए खड़े थे. मेरे पहुँचने पर भी भाभी वैसी ही बैठी रहीं. भानु भैया रवि को साथ ले जाकर ड्राइंग रूम में बैठ गये.

यों सुबह से उड़ती-उड़ती खबरों से मुझे सब कुछ पता लग गया था. स्लीपिंग पिल्स खाकर सुषमा ने अपनी जान दी थी. विनोद, सुषमा के मौसेरे देवर ने अनूप को बताया था कि पहले भी सुषमा मर जाने की धमकी दे चुकी थी. शक के बीज प्रताप के दिल में इतने गहरे उतर चुके थे कि स्लीपिंग पिल्स उसकी ड्रेसिंग टेबिल की ड्रार में प्रताप ने उसे मर जाने के लिए उकसाने के लिए ही शायद रख छोड़ी थीं. दोनों में खूब-खूब लड़ाई होती थी. नौबत मारपीट तक पहुँच जाती थी.

पर उस रात तो कोई खास बात नहीं हुई थी. प्रताप कोई साड़ी लाया था, पर वह नहीं जो सुषमा पसंद करके आई थी. प्रताप ने पहनने को कहा, सुषमा तैयार नहीं हुई और लड़-झगड़ कर दोनों अलग-अलग कमरों में बंद हो गये थे. बाद में विनोद के समझाने पर सुषमा साड़ी पहनकर प्रताप के सामने जाकर खड़ी

104

हो गयी थी. दोनों का गुस्सा उतर गया था. घूमने भी गये थे दोनों. परन्तु रात में विनोद ने खाने पर यह बता दिया था कि सुषमा ने उसके कहने पर साड़ी पहनी थी. प्रताप ने विनोद के इस सीधे-सादे रिमार्क को कुछ दूसरे ही ढंग से लिया था. और फिर रात में कहासुनी में बात यहाँ तक पहुँच गयी थी, जिसकी किसी ने कल्पना भी नहीं की थी.

काफी देर मेरे चुप रहने से वातावरण बेहद बोझिल होने लगा था. फिर भी कुछ तो बोलना ही था. मैंने भाभी के नजदीक खिसककर कहा था, 'भाभी, क्या हुआ था? क्या कर लिया यह सुषमा ने?'

भाभी ने मेरी ओर नज़र उठाकर देखा. उनकी आँखों में एक भी आँसू नहीं था. दिन भर में शायद सब चुक गये थे. साधारण मौन में किस्मत और भगवान के सहारे छोड़ देने से जो शांति और सांत्वना मिलती है, वह भी नहीं थी. उनकी आँखों में आक्रोश था, घृणा थी और न जाने क्या-क्या था उन सब के प्रति जिनके कारण सुषमा ने आत्महत्या की थी. वे बस इतना बोलीं, 'सुषमा ने वही किया, जो मुझे पाँच साल पहले कर लेना चाहिए था.'

मैं सिहर उठी थी. मेरे पास कहने को कोई शब्द नहीं थे. मेरी दृष्टि सामने के बरामदे में रवि के साथ छोटी बच्ची को गोद में लिए खड़े भानु भैया पर से होती हुई पास ही सो रही दोनों बच्चियों पर गई और मैंने भाभी के चेहरे की ओर देखकर जान लिया था कि वे क्या कहना चाह रहीं थीं.

भाभी इस हाल में भी हँस पड़ी थीं - विषादमयी हँसी और बोली थीं, 'सुमी बहन, मुझमें इतनी हिम्मत नहीं कि मैं तुम्हारे भानु भैया को मुक्त कर सकूँ, इन बच्चियों का मोह छोड़ सकूँ. तुम

शांत मन से भोपाल जाना. अगले साल मैं फिर ऐसे ही मिलूँगी.'

इसके बाद कुछ कहने को शेष नहीं रहा था. रवि ने स्थिति समझकर चलने को कहा था. भानु भैया ने रिक्शा बुलाने को कहा, पर मैंने मना कर दिया.

रास्ते भर मैं और रवि बिलकुल चुप थे. पर मेरा मन बराबर बोल रहा था. सोच रही थी, 'बड़ी भाभी को इन दोनों बहनों की ज़िंदगी बरबाद करके क्या मिला?'

अचेतन मन का जवाब था, 'अहं की तुष्टि.'

पर चेतन मन बार-बार यही कहता रहा, 'नहीं, महेंद्र भैया वाली भाभी ऐसी नहीं हो सकतीं.'

जो भी हो, पर यह ठोस सत्य था कि सुषमा अब इस दुनिया में नहीं है. उसने आत्महत्या की या उसकी हत्या हुई और उस हत्या के लिए जिम्मेदार कौन था, यह प्रश्न बेमानी था.

रेज़िग्नेशन लेटर

प्रकाश की नजरें हर सेकेण्ड के अंतराल पर घड़ी पर ठिठकतीं और गेट की ओर उठ जाती थीं. घड़ी बदस्तूर टिक-टिक करती आगे बढ़ रही थी. काश, घड़ी यहीं टिक जाये, आगे न बढ़े और उसके इंतजार की सीमा वहीं ठहर जाये, प्रकाश ने सोचा, पर चाहे वह कितना ही चाहे, घड़ी थी कि सेकेण्ड-दर-सेकेण्ड आगे ही बढ़ती जा रही थी और साथ ही उसकी निराशा भी.

छः बजकर पच्चीस मिनट! सूरज सामने के घने पेड़ के पीछे बहुत तेजी से लुढ़ककर डूब गया था. शाम का धुंधलका एकदम काली स्याही में बदलने लगा था. उसके साथ ही उसकी आशा भी जैसे एक अँधेरी कोठरी में तब्दील हो गयी थी. उसकी नजरें एक बार फिर कलाई में बँधी घड़ी की सुइयों पर टिक गईं थीं.

ठंडक से बचने के लिए जैसे ही जेब में उसने हाथ डाला, उसके हाथ में इन दिनों पड़ोस के सिनेमा हाल में लगी फिल्म 'मुकद्दर का सिकन्दर' के टिकट आ गये. उसने उन्हें निकालकर उनकी चिंदी-चिंदी करके बिखरा दिया और खुद से ही बुदबुदाकर कहा, 'हुँह, मुकद्दर का सिकन्दर होगा अमिताभ बच्चन! रोज़ नई-नई हीरोइनों से रोमांस करने को मिलता है और एक वह है कि बीवी के इंतजार में ही सारी शाम बेकार गई. न कोई फोन न मेसेज. क्या-क्या प्रोग्राम बनाये थे इस वीकएंड के लिए! सब बर्बाद करके रख दिए.' सोचते हुए उसके दाँत भिंच गये, कनपटियों की नसें फटने लगीं.

एक बार फिर उसकी निगाहें सामने सड़क के धीमे प्रकाश में खोजती रहीं मंजू की घर की ओर आती आकृति को. लैंपपोस्ट पर रोज़ की रूटीन की तरह उल्लू रात-भर के लिए डेरा लगा चुका था. वह गेट पर ही इधर से उधर टहल रहा था. सड़क पर सन्नाटा पसरा हुआ था. उसकी नज़र एक बार फिर घड़ी की ओर गई और अचानक गुस्से से उपजा उसका तनाव ढीला पड़ गया. कुशंकाओं के बादल मन पर छाने लगे. कहीं कोई दुर्घटना तो नहीं हो गई? मंजू अभी तक पहुँची क्यों नहीं? स्कूटर उठाकर बस-अड्डे तक हो आने की सोचते हुए वह अंदर आया, पर फिर मन की थकन और निष्क्रियता ने उसे जकड़ लिया. क्या होगा जाकर बस अड्डे? पिक्चर न जा पाने, टिकट के पैसों के खून हो जाने के अहसास से वह अपने-आप से झुंझलाने लगा. क्या जिंदगी है? पाँच दिन के इंतज़ार के बाद कहीं शनिवार आता है और उस पर यह नतीजा! कुछ गुस्से से, कुछ उत्तेजना से, कुछ देह के नर्म स्पर्श सुख की इच्छा से उसकी मस्तिष्क की नसें तन गईं. साथ ही मंजू का चेहरा सामने आ गया और याद आ गया पिछला शनिवार. मंजू के आते ही उसने उसे बाँहों में भर लिया था और उसके बाद मंजू ने कुछ खीझकर कहा भी था, 'सारे हफ्ते बस इसी के इंतज़ार में रहते हो.'

'और किस बात का इंतज़ार करूँ,' प्रकाश ने मंजू को चिढ़ाने के लिए कहा था.

मंजू बोली थी, 'मैं तो सोचती आती हूँ पूरे हफ्ते की कितनी ही बातें हैं, वे सब तुम्हें बताऊँगी, पिक्चर देखेंगे, रायल्स में खाना खायेंगे, फिर रात ...' प्रकाश ने बीच में बात काटते हुए हँसते हुए कहा था, 'रात में जो होना है, वह अभी हो जाये. हाँ शादी के पहले छः साल यही सब तो किया है.'

मंजू का जवाब भी तैयार था, 'तो किसने कहा था छः साल तक इंतज़ार करने को.'

बात सच थी. शादी को इतने दिन टाले रखना प्रकाश की मज़बूरी थी. घर की कुछ जिम्मेदारियाँ थीं, जिन्हें पूरी करना ज़रूरी था अपनी ख़ुद की जिम्मेदारियों को बढ़ाने से पहले. शादी से पहले. मिलने पर बंधन तो थे, पर उसका अपना रोमांस भी था. प्रकाश ने मंजू को उन्हीं यादों के रोमांस से भरपूर निगाहों से मंजू को निहारते हुए कहा था, 'अच्छा ठीक है, अगला सप्ताहांत पूरी तरह मेम साहब की नज़र.'

और इसी लिए इस हफ्ते पिक्चर की एडवांस बुकिंग करा ली थी, वरना वीकएंड पर टिकट मिलने नहीं आता. लगता था जैसे सारी दुनिया पिक्चर देखने के लिए उसी दिन के इंतज़ार में रहती हो. और हो भी क्यों न? आधी दुनिया मंजू जैसी और आधी उसके पीछे उसके जैसी भागने वाली.

अचानक उल्लू की हुंह से उसका ध्यान फिर सड़क की ओर चला गया. सामने एक आकृति दिखाई दी. वह हड़बड़ाकर आगे बढ़ा.

'अरे यह तो सोनू है, सामने वाले सिन्हा का बेटा.'

वह कुछ पूछे इसके पहले ही सोनू बोल पड़ा था, 'अंकल, आपका फोन आया है.'

फोन मंजू का ही था. मेम साहब कह रही थीं, 'मम्मी को बुखार है, इस वज़ह से आ नहीं सकी. कल सुबह आऊँगी'.

सुनते ही आशंकाओं से भीग आया मन फिर से रेगिस्तान बन गया. फोन पर तीन मिनट मंजू की बात सुनने का स्वांग भरता रहा प्रकाश, पर मन था कि अपने स्तर पर झुँझलाकर प्रश्न पर प्रश्न खड़े किये जा रहा था. माँ के पास जैसे वह एक अकेली ही हो. मेरा इंतज़ार करना तो जैसे कोई मायने ही नहीं रखता.

डेढ़ दिन में माँ मर तो नहीं जातीं. ब्याह करके भी माँ की गोद में बैठे रहने का शौक है तो फिर ब्याह ही क्यों किया? नौकरी की बात न होती तो देख लेता एक-एक को. हुंह, लानत है ऐसी नौकरी पर. बस इस बार आई तो यहाँ से उसका इस्तीफा ही जायेगा वह नहीं, आदि-आदि. मन की खीझ से उपजे ये प्रश्न कितने निरर्थक थे यह उस झुँझलाहट के मूड में वह सोचने की स्थिति में नहीं था. फोन रखकर जैसे ही प्रकाश मुड़ा, सिन्हा की वाइफ सामने आ गई.

'बैठिये भाई साहब, एक कप चाय तो चलेगी न?'

उसका हल्का सा इंकार सिन्हा की भारी-भरकम आवाज़ में दब गया.

'हाँ-हाँ, क्यों नहीं, इसी बहाने मुझे भी कोई चाय पूछ लेगा,' और यह कहते हुए वह पेपर मेज पर पटकते हुए सोफे पर पसर गया.

बीवी उस पर एक कटाक्ष मारते हुए बोली थी, 'अच्छा जी, वैसे तो आपको कोई चाय पूछता ही नहीं जैसे.'

यह कहकर बड़ी ही मोहक अदा से घूमकर वह चली गई थी किचन की तरफ. सिन्हा फिर पेपर देखने लगा था और प्रकाश उसकी बीवी को देखता रह गया था. कमाल है! सोलह साल के बेटे की माँ क्या ठाठ से अपने मियाँ पर जादू चलाती है. और यह सोचकर वह एक बार फिर झुँझलाहट से भर गया था. नए सिरे से मंजू के न आने का गुस्सा और सिनेमा के टिकटों के ज़ाया जाने का मलाल जाग उठा था. तभी चाय आ गई थी और उसे लगा था कि सच में, उसे चाय की सख्त जरूरत थी इस समय. सिन्हा अपने मजाकिया मूड में फिर बीवी की तरफ मुखातिब हो गया था.

'क्या बात है, भाई, चाय तो बहुत बढिया बनी है. प्रकाश के लिए खास बनाई है, इसी से, है न,' और यह टुपक्की छोड़कर वह एक बार फिर पेपर पढ़ने में मशगूल हो गया था. सिन्हा की वाइफ ने प्रकाश से बात करनी शुरू कर दी थी.

'ऐसे कब तक चलेगा, भाई साहब? यहाँ कोई नौकरी नहीं मिल सकती क्या? आईं क्यों नहीं बहन जी इस बार?'

उसने बताया कि कल मंजू आयेगी और यह कहकर वह चलने को उठ खड़ा हुआ. इस समय किसी भी तरह की बात करने का उसका कतई मूड नहीं था. सिन्हा ने एक बार पेपर से नजरें हटाकर रुकने को कहा, उसकी बीवी ने भी खाना खाकर जाने का इसरार किया, पर वह कुछ काम का बहाना बनाकर घर वापस आ गया. इस समय उसे हर बात पर, दुनिया भर पर गुस्सा आ रहा था. मंजू का इस तरह न आना उसे सब की नज़रों में गिरा गया था. और ऐसे में सिन्हा और उसकी बीवी का एक दूसरे को नज़रों-नज़रों सहलाना उसे और भी आहत कर गया. घर पहुँचते-पहुँचते उसने दृढ़ निश्चय कर लिया कि मंजू के आते ही वह उससे नौकरी से इस्तीफा दे देने की बात करेगा. घर पहुंचकर वह बिस्तर पर लेट गया. एक तनख्वाह में गृहस्थी का बज़ट फिट करने की जोड़-तोड़ में उसका दिमाग काफी देर लगा रहा.

बात केवल कुछ तंगी से रहने की नहीं है. मंजू नौकरी छोड़ने को तैयार भी होगी? इतने सालों की नौकरी. यहाँ नौकरी मिल ही जाएगी इसकी भी तो कोई गारंटी नहीं है. पर यह भी कोई ज़िंदगी है? शादी के बाद भी हफ्ते में पाँच दिन एक-दूसरे के इंतजार में बीतें और दो दिन इधर-उधर की उधेड़बुन में. नहीं, ऐसे नहीं चलेगा. ज़िंदगी होटल का खाना खाते ही गुज़रेगी क्या? न किसी को बुला सको, न कहीं जा सको. फिर हफ्ते भर

का महा-बोरडम. किसके घर जाये और जाये भी तो दाल-भात में मूसरचंद बनना. पर मेम साहब हैं कि उन्हें अपनी नौकरी ही प्यारी है. आने दो! पूछूँगा, नौकरी और मुझमें किसको चुनोगी? बस मामला साफ़ हो जायेगा इस सेशन के बाद. नौकरी से छुट्टी बस तय.

एक बार मन में यह बात निश्चित हो जाने पर प्रकाश का मन अपने-आप शांत हो गया. होटल तक जाने के झंझट से बचने के लिए खुद ही चाय बनाई. टोस्टर में ब्रेड सेंककर चीज और जैम के साथ खा ली और फिर जुट गया प्रकाश रेजिग्नेशन लेटर ड्राफ्ट करने में. ड्राफ्ट मेज पर किताब के नीचे दबाकर जो वह सोया तो सुबह आठ बजे घंटी की आवाज़ से ही नींद खुली. मन ही मन बुडबुडाते हुए उसने दरवाज़ा खोला. सामने मंजू को पाकर उसे ख़ुशी हुई और फिर, 'अरे वाह, क्या बात है!'

अब बिस्तर से उठने का क्या काम? सिटकनी चढ़ाई. वापस बिस्तर में. कल न आ सकने के अपराध बोध से मंजू शायद बहुत ग्रस्त थी. समर्पित भाव से सब कुछ स्वीकारती गई. प्रकाश देह-सुख की खुमारी में डूबा लेटा ही रहा और मंजू उठकर चाय बनाने में लग गई. किचन की ओर जाते-जाते उसकी नज़र प्रकाश द्वारा ड्राफ्ट किए गये रेजिग्नेशन लेटर पर गई और वह मुस्करा दी.

चार अण्डों के मोटे-मोटे आमलेट-पराठे और चाय लेकर पास आ बैठी. सारे दिन का व्यस्त प्रोग्राम बना डाला दोनों ने. बहुतों के गिले-शिकवे दूर करने थे. अपनी भी थोड़ी मौज-मस्ती करनी थी.

वह पूरा दिन खूब व्यस्त रहा. कुछ दोस्त-यारों के यहाँ गये, पिक्चर देखी, होटल में खाना खाया, खूब सारी शापिंग की. रात में सोने से पहले प्रकाश ने सोचा कि अब सर्विस से रिजाइन

करने की बात पक्की करके ही सोने की तैयारी करे कि तभी मंजू ने अपना ब्रीफकेस खोलकर दो हजार चार सौ तेरह रूपये तीस पैसे का बैंक ड्राफ्ट यह कहते हुए उसकी ओर बढ़ा दिया कि मंडे को ज़मीन की किश्त देने की आखिरी तारीख है और हाँ, दीनू भैया को चार सौ रुपये भेज दिए हैं फीस के लिए. प्रकाश ने बैंक ड्राफ्ट तकिए के नीचे रखा और बेड-लैम्प बुझाने के साथ ही मंजू को अपने करीब खींच लिया. शायद दो दिन से मंजू के साथ-साथ उसे इस बैंक ड्राफ्ट का भी इंतज़ार था.

सुबह उसके द्वारा ड्राफ्ट किया रेजिग्नेशन लेटर रात-भर में इधर-उधर उड़कर कहाँ-कहाँ की यात्रा कर चुका था, इससे बेखबर वह मंजू को बस अड्डे छोड़ने जाने के लिए स्कूटर निकाल रहा था.

धूप के तिकोने टुकड़े

आशा के अनुकूल परीक्षा फल देखकर दीपा को खुशखबरी देने के लिए सुरेश के पाँव अपने कमरे की ओर उठे, परन्तु फौरन ही उसे बाबूजी का ध्यान आ गया और लगभग दौड़ते हुए वह बाबूजी के पैर छूने गया था. कितना खुश हुए थे वे. आशीर्वाद रूप में उसके सिर पर फिरते बाबूजी के हाथ और उनकी आँखों में झलक आया गर्व और ममता का भाव.

'बस, बेटे, अब सभी तकलीफें दूर हो जाएँगी ...'

भविष्य की सुखद योजनाएँ उनके मन में पाँच वर्षों की सुरेश की अथक मेहनत और बाबूजी-माँ द्वारा उठाई अनेक तकलीफों और त्याग के बाद डिग्री के रूप में मिलने वाले पन्द्रह इंच लम्बे कागज़ के टुकड़े में लिपटे कितने ही सपने कल्पना में तैरने लगे थे.

दीपा को अपने प्रथम श्रेणी में पास होने की खबर देने के लिए जैसे ही सुरेश अपने कमरे की ओर मुड़ा, उसने दीपा को अपने सामने खड़ी पाया.

'हलो, इंजीनियर साहब, बधाई,' कहते हुए दीपा उसके नजदीक आ गई और सफलता की महक में लिपटे दोनों हँसते-खिलखिलाते कमरे में आ गये थे.

फिर भी कितनी देर लगती है. एक बार सुरेश एस.डी.ओ, लग जाएँ. चहककर दीपा बोली थी, 'देखो, जब तुम्हारी नौकरी लग

जाएगी, हम लोगों को बंगला मिलेगा न! हम एक छोटा-सा प्यारा-सा कुत्ता ज़रूर पालेंगे.'

'अरिस्टोक्रेसी की पहली निशानी!' सोचकर सुरेश मुस्करा दिये थे.

रात सोने के पूर्व दोनों बहुत देर तक बातें करते रहे. सुरेश चहकता हुआ बताये जा रहा था तमाम सुखद भावी योजनाएँ और उसके साथ ही दीपा का मन भी किसी पंछी की उड़ान-सा पता नहीं कितने आकाशों को छू रहा था. एक सुनहरा सपना दीपा के मन को उलझा रहा था. चमकती डोरी से सजा रेशमी गाउन पहने हाथ में न्यूज पेपर लिए भीनी-भीनी धूप में गुलमोहर की छाया तले बेंत से बनी कुर्सी पर बैठे सुरेश और पास ही लॉन की नरम-नरम घास पर उनके पाँव पर अपना मुंह रक्खे बैठा उनका कुत्ता टाइगर. सुरेश के हाथ गाउन के फुंदनों से अठखेलियाँ करते, कभी-कभी टाइगर को सहला देते. और पास दूसरी कुर्सी पर बैठी वह चाय बनाकर सुरेश को पकड़ाती. कितना संपूर्ण था दीपा का स्वप्न! कहीं कोई कमी नहीं थी. सुरेश की मादक आवाज़ के सुर में डूबा उसका यह निर्दोष सपना. और तभी सुरेश की आवाज़ चुप हो गयी थी और उसका सपना ....

दीपा को कहीं खोया पाकर सुरेश ने पूछा था, 'क्या सोच रही हो, दीपा डियर?'

और वह अचकचा गयी थी. सपना अभी सत्य नहीं हुआ था.

दीपा ने पापा के दोस्त मेजर वर्मा को अपने कुत्ते के साथ खेलते, शैतानियाँ करते देखा था. तभी से उसके मन में कुत्ता पालने का शौक जागा था. उसके पापा को तो कोई भी जानवर पालने से सख्त नफ़रत थी. और भी कई इच्छाएँ और सपने

दीपा के अवचेतन में थे, जिनके पूरा होने का समय आ गया था, सोचकर दीपा के मुंह पर मुस्कान बिछ गयी थी.

किन्तु बहुत दिन नहीं बीते थे कि दीपा के इन्द्रधनुषी रेशमी धागों से बुने सपने मकड़ी का जाला बनकर रह गये थे, जिसमें उसकी कई छोटी-छोटी इच्छाएँ फँसकर रह गईं. ऐसे ही यदि वे फँसी रहीं तो उन्हें दम तोड़ने में वक्त नहीं लगेगा.

शादी तय करते समय दीपा के माता-पिता से ज्यादा दीपा की इच्छा का महत्व रहा था. पहले दीपा के पापा ने देख लिया था सुरेश को; फिर दीपा देखने आई थी. दीपा बहुत सुंदर थी. उसके माँ-पिता को उसके लिए सुंदर वर की तलाश थी. सुरेश इंजीनियरिंग कॉलेज के अंतिम वर्ष में थे. उसके सहपाठी-दोस्त उसे 'अपोलो' कहकर बुलाते थे. गोरा रंग, लंबा-चौड़ा शरीर, बड़ी-बड़ी पानीदार आँखें. किसी भी कन्या के लिए सुरेश को अस्वीकार करने का प्रश्न ही नहीं उठता था. फिर एक इंजीनियर के रूप में आगे आने वाला सुनहरा भविष्य. उसके पापा भी संतुष्ट थे. दीपा ने सुरेश के रूप को वरा था और उसके पापा ने सुरेश के सुनहरे भविष्य को.

यद्यपि सुरेश इंजीनियरिंग पास करके नौकरी करने के बाद ही विवाह के बंधन में बँधना चाहते थे, परन्तु माता-पिता की सबसे छोटी सन्तान और अकेला बेटा होने के कारण बड़ों की इच्छा के सामने उसे झुकना पड़ा. फिर डिग्री मिलने में समय भी तो कुछ महीनों का ही था और प्रथम श्रेणी मिलने का उसे पूरा विश्वास था. नौकरी तो मिल ही जाएगी.

बी.ई. प्रथम श्रेणी में पास करने के बाद सर्वत्र फैली धूप की सुनहली चादर को अपनी बाँहों में समेट लेने की लालसा के

साथ फार्म-पोस्टल ऑर्डर और इंटरव्यू का सिलसिला शुरू हुआ था. प्रारंभ में हर इंटरव्यू के बाद सुरेश और दीपा पोस्टिंग के बाद अपने घर - ड्राइंग रूम, सोफा और कॉरपेट के रंग और साज-सज्जा में उलझ जाते. किन्तु धीरे-धीरे रंग धुंधलाने लगे. बरसात में भीगी दीवार की तरह धब्बे नज़र आने लगे. सुनहरी चादर-सी तनी धूप छोटे-छोटे तिकोने टुकड़ों में बदल गई थी, जिनको हर बार मुट्ठी में बंद कर लेने की कोशिश में सुरेश की हथेलियाँ लहूलुहान हो चुकी थीं.

सुरेश के पिता का सारा जीवन ऑफिस में क्लर्की करते बीता था. बहुत मुश्किलों से सुरेश को इतनी शिक्षा दे पाये थे. गाँव की थोड़ी-बहुत ज़मीन चार लड़कियों की शादी और सुरेश की पढ़ाई में बिक चुकी थी. चार लड़कियों के बाद का इकलौता बेटा - बुढ़ापे की औलाद.

उनका रिटायरमेंट एक भयावह काली रात की तरह अपने मजबूत पंजे फैलाये तेजी से आगे बढ़ता आ रहा था. अभावों में कटे उनके जीवन की जरा-सी भी छाया सुरेश पर न पड़े, इसकी भरसक कोशिश की थी उन्होंने. ऐसे में दीपा की तरह सुरेश ने अपने भविष्य के सपने सुनहरे तारों से तो नहीं सजाये थे, परन्तु आवश्यकताओं के महल को चमकीले रँग-रोगन से सँवारा अवश्य था.

छोटी-छोटी नौकरियों का खाली स्थान भरों में फ़िट होते सुरेश का समय कट रहा था. तभी स्टेट लिस्ट निकली. इसकी सूचना बाबूजी ने ही दी थी

'स्टेट लिस्ट निकली है; बेटा तुम्हारा नंबर अब रेग्युलर सर्विस में जल्दी ही आ जायेगा,' बाबूजी ने कहा था. इन बेकारी के दिनों में सदैव ही उन्होंने आश्वासन ही दिए थे.

सुरेश ने भी लिस्ट देखी थी और हफ्ते के अन्दर ही उसके पास पत्र भी आ गया था. दो महीने बाद पोस्टिंग के पहले की ट्रेनिंग के लिए उसे बुलावा आयेगा. दो महीने का समय भी इसी प्रकार कट गया था, परन्तु उसके बाद के दिन काटे नहीं कट रहे थे. अभी तक अपायमेंट लेटर क्यों नहीं आया, रात-दिन यही चिंता लगी रहती. इन बेकारी के दिनों में बाबूजी ने उससे कुछ नहीं कहा था. उसकी हर छोटी से छोटी ज़रूरत को पूरा करने का प्रयत्न बराबर ही करते रहे. आखिर इंतज़ार की भी एक सीमा होती है. कुछ संकोच से एक दिन बाबूजी बोले थे, क्योंकि उन्हें डर था कि कहीं बेटा यह न समझ ले कि बेकार बैठा हूँ इसलिए बाबूजी टोकते हैं, 'बेटा, राजधानी जा कर पता तो करो, आखिर बात क्या हो गई? इतनी देर क्यों हो रही है? तेरी पोस्टिंग का कोई लेटर इधर-उधर तो नहीं हो गया?' कहते-कहते वे स्वयं ही रुक गए थे क्योंकि उन्हें पता था यह बहलावा मात्र है.

'बाबूजी, वहाँ जाने से फ़ायदा क्या है? फिर किराये के लिए भी तो पैसा ...' कहते हुए सुरेश ने मुँह फेर लिया था.

पिता से आँख मिलाने में भी इधर कुछ दिनों से उसे संकोच होने लगा था. पता नहीं कैसी जड़ता तथा निराशा उसमें भरती जा रही थी. उसका सारा आत्म-विश्वास जैसे चुक गया था. बिना किसी दोष के अपने को दोषी मानने लगा था वह. पिता और माँ की तकलीफों के लिए, दीपा के स्वप्न-भंग के लिए. इसी बीच एक बच्चे का पिता वह स्वयं हो चुका था, जो उनके जीवन के झंझावती विस्तार में सुख का एक नन्हा-सा द्वीप था. किन्तु अब वह बड़ा होने लगा था; उसकी इच्छाएँ भी अपने पंख फैलाने लगी थीं. किस-किस की हत्या करे वह? नन्हे पंख फ़ड़फ़ड़ाएँ, इससे पहले ही उन्हें कुतर डाले. क्या-क्या सोचने लगा है सुरेश इन दिनों? हँसी-ख़ुशी उनके जीवन से गायब होने

लगी थी. अकसर घर में एक अवसाद भरी चुप्पी बनी रहती. एक-दूसरे से बात करने में टूटकर बिखर जाने का भय बना रहता सभी को और इस सब के लिए सुरेश अपराधी मानता था अपने को.

दीपा के हाथ बाबूजी ने राजधानी आने-जाने का किराया भिजवा दिया था. और वह राजधानी हो आया था. उसके पीछे के, यहाँ तक कि उसके बाद के द्वितीय श्रेणी के लोगों की पोस्टिंग हो गई थी. उनके पास द्वितीय श्रेणी का पैसा भी था. बाबूजी को यह सब बताने से कोई फ़ायदा नहीं था. फिर भी उनके बहुत पूछने पर सब बताना ही पड़ा था उसे.

'कोई बात नहीं, बेटा, देर हैं अंधेर नहीं,' कहते गए बाबूजी उठकर बाहर चले गए थे. पता नहीं यह आश्वासन सुरेश को था या अपने स्वयं को.

सुरेश को मात्र पाँच सौ रुपये की नौकरी मिल गई है. अपने विषय की नहीं, अपनी योग्यता के अनुकूल नहीं. फिर भी इन छोटे-छोटे धूप के टुकड़ों पर अधिक दिनों तक अधिकार जमाए रखने में भी उसकी अधिक योग्यता आड़े आती है.

सुरेश मन मसोस कर तैयार होता है इस संघर्ष के लिए. नौकरी पर जाने की तैयारी हो चुकी है. दूसरे शहर जाना है. पत्नी को अभी साथ नहीं ले जा सकता. दीपा की आँखों में आँसुओं की बाढ़ है. उनमें प्रवाहित होते उसके सपनों के खंडहर देखना, उनको सहना बहुत मुश्किल हो रहा है सुरेश के लिए. इतनी प्रेमिल, इतनी सहनशील! उसका एक भी सपना वह पूरा नहीं कर सका.

किन्तु उन आँखों में शिकायत नहीं थी. उनमें था एक स्निग्ध नेह-संदेश, 'देखो, अपना ख्याल रखना. हम लोगों के लिए परेशान न होना.'

परन्तु होंठ कुछ न कह सके.

सुरेश ने जबरन अपने होंठों पर मुस्कान लाकर कहा, 'बस मकान ढूँढ लूँगा जल्दी ही. फिर तुम्हें भी ले चलूँगा.'

किन्तु सुरेश भी जानता था पाँच सौ रुपये की अपनी सीमारेखा. उसका इतना बौना-सा सपना पूरा नहीं हो पाता तो आगे वह नहीं सोचता. जल्दी से गुड्डू को प्यार कर, इसे दीपा की बाँहों में थमाकर वह भाग खड़ा होता है.

आशा की हल्की-सी किरण दीपा के चेहरे पर झिलमिलाई और तुरंत लोप हो गई, यह जल्दी-जल्दी रिक्शे पर बैठते हुए सुरेश की आँखों से छिपा नहीं रह सका.

कितने महीने हो गए सुरेश को नौकरी करते हुए, दीपा हिसाब लगाती है. चिट्ठी आई है. उसका अपोलो नौकरी लगने के बाद से पहली बार घर आ रहा है. साँझ ढल चुकी है. रात होते ही वह आ जाएगा. प्रतीक्षा में बैठी दीपा के हाथ गुड्डू को सुलाने के लिए थपकियाँ दे रहे हैं, पर कान द्वार पर लगे हैं. बाबूजी आँगन में ही लेटे हैं. दीपा की आँखों के सामने साकार अपोलो बना खड़ा है उसका सुरेश. तभी बाहर की आहट उसके कानों में टकराती है. खिड़की से वह देखती है. आँगन की धुँधली रोशनी में एक आकृति आकर खड़ी हो गई है. कितने दुबले हो गए हैं. तभी सुरेश की आवाज़ उसके कानों में पड़ती है, 'अरे बाबूजी, आप तो बहुत कमज़ोर हो गए हैं. बीमार हैं क्या?'

'हाँ, कुछ खाँसी-बुखार हो गया है. कोई ख़ास बात नहीं है.'

120

दीपा को पता है ख़ास बात कैसे नहीं. पंद्रह दिन से ऊपर हो गए हैं इस तरह, पर किया क्या जाए. वह जानती है कुछ नहीं किया जा सकता. विवशता के ऐसे घेरे में घिर गए हैं वे सब.

'दवा किसकी कर रहे हैं,' सुरेश की आवाज़ आती है.

'चौधरी बाबू की.' इस बार बाबूजी का ज़वाब और छोटा हो जाता है. सुरेश कुछ झुँझलाहट से कहता है, 'छोड़िये ये होम्योपैथिक टोटके. डॉक्टरी दवा कराइए. बीमारी बढ़ गई तो?'

एक प्रश्न-चिह्न लगाकर सुरेश बात को वहीं छोड़ देता है. बाबूजी भी कुछ नहीं कहते. दोनों का मौन महसूसता है एलोपैथी के भारी खर्चे को.

मामूली-सा यह मकान बाबूजी ने कभी बहुत सस्ते में ख़रीद लिया था. वही मकान आज सारे परिवार को अपनी छत के नीचे सहारा दिए हुए है.

रात खाने के समय अम्मा कहती हैं, 'इस बार बाहर का कमरा बहुत चुआ.'

साथ ही यह जिज्ञासा भी कि कितने दिन की छुट्टी लेकर बेटा आया है. बाहर के कमरे की छत की लिपाई करा देने का मौन आग्रह वहीं चुप्पी मार गया.

इन्हीं ज़रूरी बातों में रात गहरा जाती है. दीपा के तमाम प्रश्न - उस शहर में मकान के बारे में, जहाँ वह नौकरी करता है, अच्छी नौकरी के बारे में, वहाँ उसका समय कैसे कटता है, इसी नौकरी में आगे प्रगति के बारे में, इतने दुबले क्यों हो गए हैं आदि-आदि सब डूब जाते हैं सुरेश की दिन-भर के सफ़र की थकान में, उसके आने की अतिशय उत्तेजना में.

और फिर बीत जाता है छुट्टी का पाँच दिन का समय - घर की लिपाई में, सरकारी अस्पताल से बाबूजी की दवा लाने में, पड़ोस में शर्मा जी के पोते के पास जैसी बैटरी से चलने वाली ट्रेन लेने

के लिए गुड्डू के ज़िद्द-भरे रोने को चुप कराने में. रिक्शा आ गया है. सुरेश के लौटने का क्षण भी.

उसकी इच्छा होती है दीपा को बाँहों में समेट ले, आश्वासन के शब्दों के लिए होंठ फड़फड़ाते हैं किन्तु स्वरहीन. दीपा से आँखें मिलाए बिना ही वह रिक्शे में बैठ जाता है. रिक्शा चल दिया है. दूर होता जा रहा है दीपा से उसका सूर्य, जिसकी धूप बाँहों में समेटे वह खड़ी है एक और प्रतीक्षा के लिए. मोहल्ले की बदरंग दीवारों के बीच सिमटे हथेली-भर आकाश में कौए मँडरा रहे हैं. दीपा के सपनों की आकृतियाँ जैसे हवा में टूटकर बिखर गई हैं. गली के सूने मोड़ तक एबहुतक डबडबाई सूनी आँख रात को उतरते देखती रह जाती है

सरला रवीन्द्र

जन्म स्थान : लखनऊ / जन्म तिथि : ९ मई १९४२

शिक्षा : एम० ए० (राजनीति शास्त्र) - लखनऊ विश्वविद्यालय १९६२

ईस्वी सन् १९६३ से विवाहोपरांत जालंधर एवं हिसार में आवास
ईस्वी सन् १९८० से १९९७ तक हिसार (हरियाणा) के ठाकुर दास
भार्गव सीनियर सेकेंडरी स्कूल के प्राइमरी सेक्शन की ' इंचार्ज '
के रूप में कार्य किया।

एक लेखिका के रूप में आकाशवाणी रोहतक एवं हिसार से
कहानियों एवं वार्ताओं का प्रसारण।

हरियाणा साहित्य अकादमी द्वारा संकलित कहानी संग्रहों में
कहानियों का प्रकाशन।

वर्तमान पता : क्षितिज ३१० अर्बन एस्टेट-२ हिसार-१२५००५

मो० - ०९४१ ६ २४०९४२

ई-मेल : द्वारा – kumarravindra310@gmail.com